这世上大部分的浪漫，
其实是我们自己亲手制造的。

少女咖啡馆

花火B女孩 · 著

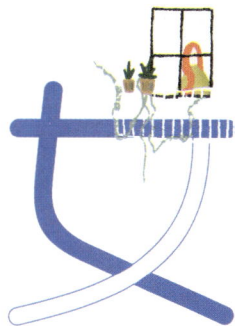

贵州出版集团
贵州人民出版社

图书在版编目（ＣＩＰ）数据

少女咖啡馆 / 花火B女孩著. -- 贵阳 ：贵州人民出
版社，2019.10
ISBN 978-7-221-15598-6

Ⅰ．①少… Ⅱ．①花… Ⅲ．①散文集－中国－当代
Ⅳ．①I267

中国版本图书馆CIP数据核字(2019)第213231号

少女咖啡馆

花火B女孩　著

选题策划	朵　爷	
责任编辑	潘　媛	
特约编辑	肖云梦	
封面设计	苏　荼	
出版发行	贵州人民出版社	
	（贵阳市观山湖区中天会展城SOHO办公区A座贵州出版集团　邮编550081）	
印　　刷	湖南新华精品印务有限公司	
开　　本	32开（880mm×1230mm）	
字　　数	238 千	
印　　张	9.5	
版　　次	2019年10月第1版　2019年10月第1次印刷	
书　　号	ISBN 978-7-221-15598-6	
定　　价	39.80元	

花火 B
女孩简介：

朵爷

《花火》B 版主编，图书策划人。

个人作品《成人礼晚点》现已上市。

青春与迟暮，短兵相见，而岁月不动声色。

新浪微博：@朵爷

张美丽

畅销书编辑，一个浪漫主义者。

新浪微博：@俗艳少女张美丽

夏沅

90 后天秤座，图书策划人。

寄居在南方的北方少女。

你走过了四季山水，你再也没有回头。

新浪微博：@Hey 夏沅

叉叉

畅销书编辑，三流音乐人。

想立足南城一隅，又想闯南走北的矛盾体。

世间真假，皆我所求。

新浪微博：@没有圈圈的叉叉

王小明

一个持有心理咨询师资格证书的编辑。

最不想听到的话：那你知道我现在正在想什么吗？

新浪微博：@橡皮面包王小明

目　录

卷四：春意

4

卷一：如秋晚至

窗外不知是月光还是旁边施工大楼的强光，透过飘飘荡荡的纱帘在房间竟显得波光粼粼，像一汪湖水。

这一切像南方晚来的秋

○文 / 朵爷

叉叉跑过来问我，新书要做一个转发奖品啦，送什么好。

我想起前些天在网上看到一个很喜欢的东西，把链接打开给她，喏，你看，这个是不是很好看！

然后，我们两个铁骨铮铮的伪汉子，就在办公室发出了女生该有的惊呼声。

"哇哦！"

好啦，其实也不是什么出奇的东西，只是一套有着不同植物香味的圆形香薰蜡烛。

不用怀疑，像我过得这么粗糙的人，肯定是没有用过这些东西的（叉叉也是）。

但之前刷手机刷到它的时候，我还是忍不住地……觉得太好看了，甚至有一些意外的欣喜。啊，那种欣喜，让我想到小时候的雨天里，一个人打着伞走在放学路上，不经意间雨停了，抬头看见了彩虹。

于是一个人傻兮兮地站在马路中央抬头仰望了好久……有一种窃喜的心动。

恰巧又是在晚上，有一些风，我习惯性地只开了小灯。

昏暗的夜里，想想点着一束朦胧的光，又闻到淡淡的玫瑰香，也是一种浪漫的生活。

大概是秋天到了吧，秋意渐浓，感觉整个人都开始变得有一些温暾和脆弱。连喜欢上的东西，也或多或少带着不同的温柔气质。

前些天和小锅去喝咖啡，买单的时候发现柜台居然摆上了新款的毛茸茸小熊挂饰，我也毫不犹豫地买回去摆在了书柜上。和其他一堆同款熊、杯子、玩具……摆在一起。

啊，讲起来，我近几年可能买这些少女心的东西比较多，上次我妈来我房子里，帮我收拾东西，盯着我的书柜，发出了"我已经不懂你了"的质疑。

你怎么净买这些东西，你以前可不喜欢这些的。

也没有什么特别的意义，就是看到了很喜欢啊。和朋友转述的时候，我这样跟他解释。

未必吧，一定有什么的。

他异常笃定地看着我。

果然一开始换季，我就开始陷入咳嗽、过敏，甚至失眠的低潮期。

前一晚工作到很晚回到家，我换了床单，洗了衣服，刷了刷剧就打算睡觉。结果在床上辗转反侧都无法入睡。跑去少女群里试探性地问了几句有没有人在，却无人回应！

没想到平常一个个叫嚣着要喝"安神液"（某美丽）和喷"催眠喷雾"（又某）才能入睡的人，居然在这个失眠黄金时间段，完全不与我配合，这如塑料一般的姐妹情真是让人太失望了。

只好在凌晨迷迷糊糊闭上眼，不知道过了多久，感觉到脖子奇痒难耐，我摸索着起来涂了药膏，吃了过敏药，坐在床上，透过窗帘看见窗外熹微的晨光。

回忆起上一次过敏还是四年前，也是这个月份。我回了一次老家，隔天就长了一脸的疹。

去医院打了针，家里人还笑我是水土不服了。城里住了几年，就不适应了原来拥有过小半生的东西。

虽然只是一句毫无根据的调侃，但细细体会起来还是有一些伤感。

人从来都是自诩情感动物，我们总是试图掩饰和否认这样那样的情感转移，喜欢的东西不喜欢了，曾经的亲密不复存在了，熟悉的世界也可能变得陌生。

却不曾想到，身体总是先行一步，把这种现实和冷漠暴露得一览无余。

这就好像，失眠的后遗症也让我发现，啊，我到底是年纪不小了（但绝不承认）。

第二日在工作中，我竟然趴在桌子上熟睡了一个多小时。可怕的是，我中途还挣扎着起来看了几眼夏沅给我发的新书名，并给了她致命的回复：不够好。

不愧是在沉睡中清醒的我！

但再怎么样，我依然是那种很喜欢季节更换的人。

林白的那首叫作《过程》的诗很有四季的诗意。"三月下起了大雨，四月里遍地蔷薇。""我望见十二月，十二月大雪弥漫。"

其实很多东西都是分时段的，我喜欢这种不同时段的气候和温度带来的变化。

人的一生也是这样，不停地发生，又过去，一个阶段一个阶段地变迁，像命运般。说到底，我们这数十年都只是一次次自己与自己的告别。

前些年在北京，秋天我们一众同事去寺里。

红墙外的红枫树下落了厚厚的一层焦黄色的落叶。阳光透过枝丫落到树叶上，泛着金光。

一堆人在拍照，我拿着手机跑过去，逆着光拍了拍，怎么也不够好看，只好跟旁边的人感叹：啊，真好看啊。

发了朋友圈，也说不出其他有情感的句子来。

向来都说长沙没有真正秋天。十月、十一月的时候，我们南方都是连绵的细雨，从早到晚都是灰蒙蒙的颜色。

我自认是非常独立的人。

很小便离开父母住在外婆家，中学和大学都独自住校，旁人对我的评价从来都是"让人放心"。

可后来一个人单枪匹马和过去告别的那段时间，我过得并不算愉快。

长大之后的我好像再也没有办法，像十几岁一样，能轻易地离开自己的舒适圈，同时也丝毫不觉得委屈。

在北方拍了很多颜色金黄的秋，总是觉得云雾之中的秋天更不错。

有一些失落，但是好像也没有时间再深究好坏了。

就好似年轻的时候不太在意细节，认为一朝一夕都在重复是一种难挨的痛苦。可是长大之后，觉得以往不在意的每个东西都是好的。

土兮兮的校服很美，老家的旧房子很美，秋天有没有落叶也很美。

九月底的周末，秋风四拂。

早起收到一个快递，是提前到的中秋礼物，我妈给我寄了一盒港式月饼，里面居然还有一个毛绒玩具。

我给我妈发微信，哇，你干吗给我寄这种东西？

我妈冷漠地回了我，赠品而已，我又不是故意的。而且，你不是喜欢这些吗？

哦。我笑嘻嘻地又把它供起来了。

香薰蜡烛也好，小熊也好，其他什么东西也好。

"这些东西对于你来说一定还是有什么的。"我想起我朋友的话。

有吗？没有吧？如果真的有。

大概只是在我年少的过往里，那些我一心要充当那个"独立""懂事""从不苛求"的标杆人设时间里，我曾一心武装自己，却无意丢失过的那部分少女心。

而在我年岁到达二字开头的尾声，这一切像南方秋天的迟来，我终于意识到了。

又何必非要当一个战士。

严歌苓 |

"翻手为苍凉，覆手为繁华"

朵爷:

　　可能算严歌苓较忠实的读者吧？我很喜欢看讲女性的故事，而她太擅长描述女性形象了。从扶桑、玉墨，到多鹤，每一个人物都让人印象深刻。她们每一个人大抵都是有共性的，聪慧、坚韧、隐忍，又悲伤。

　　看过一个严歌苓的采访，标题中有一句话——翻手为苍凉，覆手为繁华。大概是可以形容她的吧，举笔揽尽红尘，却又震撼人心。她的每个故事应该都是做过许多研究的，那些深刻的故事背景和历史文化，在小说中彰显出来，像是重温了无法忘记的那个有伤痕的旧时代。这种深究的责任感，对于这位外籍的华裔女作家来说，值得所有写作人尊敬和学习。

张艺谋曾改编过她的两部作品——《金陵十三钗》和《陆犯焉识》（电影名《归来》），我个人觉得是改得不错的，但即便如此，还是阅读更觉意味深长。

　　有一次坐火车，我带了她的《寄居者》。结果下车的时候，我迷迷糊糊中把书落在了车上，后来没有再重新买，却还是记得伴随轰隆的火车声下，读过的那个战争时代的醉生梦死。

　　我原本只想推荐其中一本《小姨多鹤》或者别的什么书，后来发现，她的每一本书都很认真啊，那么就推荐这位女作家吧。

开尽梨花春又来

○ 文 / 张美丽

　　我最近状态不是特别好，一个月跑几趟医院。有一天起了个大早，在脸上抹好粉底后，我凄惨地发现，三层粉也拯救不了镜子里那张挂着眼袋和法令纹的脸，于是干脆把镜子一合，妆也懒得化，任凭憔悴去了。

　　也不是没有睡觉，事实上，我的睡眠时间比前两年多多了，只是非要伴着音乐声脑子才肯好好休息。睡也睡得不踏实，一个接一个梦不停。深夜两三点转醒，接着继续在各种梦里串场到天明，像个压了戏的演员一样赶场不停歇。加上天气燥热，食欲也减退了——应该多少能瘦下来一点。想到这里，我又有点欣慰。

　　非要到这种时候才肯承认，能好好睡觉啊、好好吃饭啊，这些前几年看起来最平常不过的需求，其实有多珍贵。

　　我的一个朋友有很严重的抑郁症。前一阵他终于熬不住了，去找医生乖乖拿了药回来吃，然后隔两天和我交流情况。

"今天吃了药平静了很多，感觉挺好的。"

"这两天开始嗜睡，记忆力很差，注意力也不集中。"

"最近手脚开始抖起来了，虽然不再有很多消极的想法，却变得很迷茫，不知道该干什么。"

他发了一张照片给我，说明书上，药物的副作用一栏能看清的最小号字体密密麻麻写满两页纸。

我安慰他，没事的啦，会好起来的。

他说嗯，你也加油。

我们都清楚，这样的话其实并没什么用。但下一次，我们依然会将这样的对话重复一次，然后给对方打上一大串的"哈哈哈哈哈哈哈"。就像一个仪式，以此证明我们真的很努力地在生活。

我猜，你们可能想看到的也不是这些丧气话。毕竟每期收到的读者调查表上，大家总是写，互动里感觉当编辑好开心呀，以后也想当编辑！我只是想告诉你们，我们也有非常多诸如上述的不如意，和你们在深夜跟我们倾诉不开心一样。事情是不同的，尝到的愁闷滋味却是同一款。

十四五岁的你们忧愁考试，忧愁看不见的未来，忧愁伸出又收回来的想要触碰那个人的手，忧愁枯燥乏味的日子何时是个头。也许受了委屈还会自我安慰，等长大就好了，等长大有了准备，一切都能变得明晰，就会拥有一片属于自己的天空。

已经是大人的二十四五岁的我同样忧愁未来，忧愁生活给的刺，忧愁被资本和现实摁着打趴的理想主义。这才发现，好像很多事情和年纪是没有关系的，生活下狠手的时候，从来都不会管你有没有做好准备。

我们好像永远被困在这样的焦躁里。

想起电影《这个杀手不太冷》里，小女孩问那位独自生活了很多年的杀手，人生是只有小时候这样辛苦，还是永远这样辛苦呢？

"Forever."

永远。杀手告诉她。

不过回忆起来，十几岁仍然让人羡慕——光阴大把大把抓在手里，喜欢一个人便肯赔上长长久久的时光，让眼睛去跟随；今天溃烂的伤口，不消多少时日就可恢复如前；犯了错，一句"小孩子嘛，不懂事"，便也轻易可以获得饶恕。

再往后，异性的追求变成了得不到回应便撒手；再也不敢轻易摔伤，会留疤；长辈口里变成"你是个成年人了，该有个成年人的样儿"。

好在时间不太抠门，多少也是给予了一些的。

开始变得坦然，面对一些问题有了理性批判的眼光，开始一步步脚踏实地，变得坚强。那些小时候做的"毁天灭地"的事情，好像对如今的自己而言已不是什么大不了的，哂笑一声就算过了。也许再过十年看现在，也会是如此感想。

于是在某个明朗的天气里，突然就有些了然。有时候呢，生活本身就是很无力的。但因为要继续下去，所以总要打起精神来应对，一次又一次告诉自己：反正情况已经这样了，还能坏到哪里去呢？反正都已经这么坏了，再坏一点又有什么好怕的呢？

反正坏到底的时候，总会往好的方向走的。

反正，梨花落尽了，春天便该来了。

《东京女子图鉴》|

"希望我们都不是女主角"

张美丽：

　　我前些年很爱看韩剧，被各种长腿"欧巴"与浪漫桥段迷晕了眼，这几年却逐渐爱看起日剧来。相比起来，日剧内核虽也是一颗浪漫梦幻的心，但包裹着它的，是更多的真实生活细节，从人生的困惑到现实社会的反映，总让我看得感慨很深。这一部就是最近很喜欢的一部。

故事展示了女主青年到中年的人生轨迹，填不饱的欲望让她从乡下的普通姑娘，成功走进了奢靡的阶层，实现了"成为让人羡慕的人"的梦想。但再往上，却发现她永远也融不进去。此刻再看最初乡下平淡却幸福的日子，是多么令人向往，然而一切都回不去了。其中有个片段让我印象深刻，当绫回到老家，幼时的老师拿着当初她接受采访的报道感叹她实现了梦想时，中年的她，站在明晃晃的太阳底下痛哭失声。那一刻她有过后悔吗？我不知道。

所以究竟什么才是向往的生活呢？剧里没有给我们答案。也许生活中很多事情，本身就没有答案吧。

希望我们都不是女主角。

吾志 |
多情绪患者适用平台

张美丽：

不知道大家有没有记日志的习惯。对于文字工作者来说，善于抓住自己的情绪起伏是非常重要的一个事情，所以我常爱写点什么。然而QQ、微信、微博等社交网站都有长辈或合作伙伴关注着，总有不便，日志本又不方便随时携带，很是苦恼。后来，我就发现了"吾志"。

吾志是一个简单的日志网站，当你更新了日志时，你的头像便会出现在网站首页上。他人可以通过点击头像查看你当天更新的日志，却完全无法评论、收藏、转发，也看不了从前的日志。除了名字和头像以外，查不到任何你的资料。关注了网站微信号后，可以通过微信直接发布日志，对于我这种多情绪患者再适合不过啦！如果你不希望更新日志时出现在主页上，也可以设置日志仅自己可见，私密性做得非常好。推荐给爱文字的你们，一起来记录你的年少正当时吧！

我们约好在下午两点的巴黎香榭下再见

○文 / 叉叉

长沙的春总像在与温暖的春意作对，除了陡峭的寒意和刺骨的江风，其余的什么都没有。

今年的春也是如此，长沙人民在漫长的雨季里瑟瑟发抖，街上的行人零零星星，像是才过去不久的冬季时的情景。在这样飘摇的夜晚，我举着伞，穿过大半个长沙，来到我朋友所在的北边。

他明天就要去北京了，这却不是我这些年和朋友的第一次离别。

二〇〇八年的年初，湖南突然下起了大雪。

那是南方少有的大雪，起初，在小城的我们都有些兴奋和忐忑，但是更快的，我们从电视里得知这是百年难遇的"冰灾"，小城的电厂开始大规模地停电，人们都躲在家里，没有上班，没有上学，也没有灯光和温暖。

那是我迄今为止，度过的最寒冷的冬季。

又一个预告要停电的夜晚，我早早地写完了作业然后躲进了被窝里，透过窗户往外望，小区里一片漆黑，像是没有人烟。

妈妈在我身边给朋友打电话，在那个没有光亮的夜里，声音都变得格外地清晰。

挂了电话后，她和我说起，电话里聊的是我出生之前的故事，那时候我爸妈都在一个论坛上写小说，他们也因此认识了许多笔友。他们在论坛上写白蛇传新编接龙，书信穿过大半个中国，隔着网络围棋对弈，好斗时凌晨都不歇息。

我妈还说，有一个人围棋下得很厉害，她赢不过他，于是悄悄地让我爸顶上了。

那场围棋最后当然是我爸胜了，他们甚至在论坛上发起了一次见面活动，约在春天的杭州，那个人说，不行，我得再和你下一次棋。

故事的后来，他们并没有去赴约，那个论坛也因为网络的改革而消失，没有留下任何联系方式的大家就此离散。

我问妈妈最后为何没有去，她只是笑着摇摇头，她提到我的出生，提到那场围棋，她说，突然很想念那个时候。

后来我总是不禁想象那年杭州的春日，如果他们最后真的去了西湖赴约，也叫着彼此的笔名笑着寒暄，会有个人穿过人群对她下战书说，慕容，再下一盘棋吧。

可那春日，终究是没有到来。

关于"再见"这个词，起初我们都觉得有些俗气。所以我们对离别也看得很轻，大家挥手说一声再见，告别也毫无波澜。

是很多年后，才发现那声"再见"背后——是真的很难再见了。

高三那年，其他同学都已经在学校开始进行最后学期的冲刺，只有我还在长沙的租房里，度过艺考的最后一天。一起艺考的人已经走得零零落落，大家来不及打招呼，就已经坐上了回程的列车。

有一天早上，我在睡眼惺忪中发现，身边的床铺又少了一个，手机上收到离去的室友发来的短信："一想到我们可能这辈子再也见不到，就忍不住想哭。"

我没有见到她泪流满面的样子，只是第一次理解到"再也不见"的意义，那不是情人分别时撕心裂肺的话语，也不是足以动摇人生的烙印，只是因为我也从心底肯定她的告别——来自天南地北一起艺考的我们，其实只会在艺考期间产生联系。

一旦离开，我们的人生至此再无交集。

那个晚上，我和剩下的几个朋友一起去爬了岳麓山，凌晨两点半的光景，岳麓山上空无一人，我们从前会在这里叫嚣着"爬不上岳麓山，联考就不过线"，但是那天的最后，爬了一段的我们又转过身说，算了，走吧。

我们漫无目的地在长沙的街道上游走，在湘江边吹着冷风，我们想要去橘子洲头。还记得也是那个夜晚，我们终于走到尽头，却发现橘子洲头边上都已经上了锁。

我的失望格外沉重，情绪上来的时候，甚至有些想要流泪。

那是我生活中最糟糕的几个时刻之一，我跟着朋友往回走，心里都是茫然的伤口，我不知道明天我要往哪儿走，是的，我会坐上回程的列车，再次投入高考生的队伍，却突然失去了我曾经心心念念想要到达的终点。

朋友说，别哭，还说了什么，我都忘了。

只记得醒来之后，我也坐上了离开的列车，再也没有回头。

最近的一次离别，是几年前的大学毕业。

毕业的那个晚上，我们走的是俗气的吃饭和唱歌的毕业流程，其实当时的同学已经走了好几个，这个"毕业聚会"已然成了形式，我当时也已经开始上班，等我赶到饭店的时候，已经迟到了许久。

进入包厢的那刻，我忽然觉得即将踏入社会的大家都有些陌生，我们像一个真正的成年人那样寒暄和碰杯，又像一个不成熟的孩子那样放任和肆意。

后来我也喝了些酒，容易上头的我总是脸红，那样的我被拍进了很多人的照片里，眼睛里有痛快的笑意。

大家准备去唱歌的时候，有一些人已经准备去火车站了，他们大多是外地人，再也不会回到这个城市。

我们脱离队伍去送他们走，为了在这最后的时刻不会过分冷场，等车的间隙大家聊起从前的事情，都是些不足挂齿的小事。

走的时候，有人对我说："以后要照顾好自己啊，你是女孩子，要少喝些酒。"

说话的人是平时没有过多交流的同学，而我都快要忘了最后我是怎样回应的了，好像是愣住了不说话，也好像是笑着点点头，眼睛还有些红。

只记得最后，我们就那样如常地挥了挥手。

那天回去以后，我发了一条朋友圈，配的文字是电影《失恋33天》里的一段旁白：

"在我四周，有人在说恭喜，有人在说不客气，有人说早生贵子，有人说早晚也会轮到你，有人喝醉了开始胡言乱语，有人哈哈大笑，有人哭了。那个哭了的人，是我。"

送完朋友之后，我们后知后觉地说起有些遗憾，譬如刚刚急匆匆地拍了一张很丑的合照，大概永远不会发出来，还有大家最后告别的时候，都没来得及抱一下。

可是这一次的我却不再有那样逼真的分别感，只觉得山长水远，总有一天还会再见。

又或许我们永远不会再见，就像从前每一个告别过的朋友那样，大家只留在这一页日记里，挥手告别了就一往直前。

可是在那一页日记里，我们总会再见吧，我们约在寒冷干燥的北京再见，我们约在杭州三月的春天再见，我们约好在下午两点的巴黎香榭下再见。

希望那个春天，再没有料峭的寒意包围。

种子习惯 |
一棵参天大树

叉叉：

"如果有一天你在这里种下一颗种子，每天坚持精心灌溉，那么总有一天，你种下的种子会长成参天大树。"

作为一个重度拖延症晚期患者，"如何坚持"是我永远的人生难题，这个 APP 出现得恰到好处。它的界面简单清新，一目了然，当你设置好一个自己要坚持的习惯后，就等于在这个 APP 里播下了一颗种子，随着你每天一点点灌溉（签到打卡），种子也一点点长大，最终成为一棵参天大树。

如果你担心自己无法一个人坚持，不用怕，这里的社区有一群和你同样坚持着的人，大家会和你相互鼓励，一起加油。当然，一个 APP 并不能真正解决拖延症的问题，但是，让我们先迈出勇敢的第一步，试着向那棵茂盛的大树前进吧！

一个人的好天气

○文 / 王小明

长沙暴雨停歇的第一天，阳光猛然强烈了起来。

也许是因为曾经有过几年紫外线过敏的经历，平常的周末我都会拉紧窗帘躲在房间里。但现下洪水泛滥，这时的烈日，能让人不再那么愁苦。

我拉开一小片窗帘，想让房间散一散久日阴雨的沉闷。躺在木地板上，太阳斜照进来停在我上方，伸出手掌就能穿透黄澄澄的光线，看对面墙壁出现一只无聊的手影子。

整个下午，我重复着看电影——睡着——醒了继续看电影的废宅模式。倘若被我妈妈知道，少不了一顿慨叹。不是为了"废"，而是因为"宅"。

"多出去走走，交交朋友啊。"她总是这样说我。

毋庸置疑，这句话里的"朋友"一般是指异性朋友。

前两天，我才和她通过电话，细细碎碎地互相唠叨过后，又说起了这个永远没有结果的话题。我的妈妈算是很开明的家长了，从不逼迫我，只在嘴上数落，希望一个成年许久的姑娘能谈几次恋爱。极少有一两个热心的阿姨给介绍，我妈都是不甚在意地提起：听说还不错的，要不要吃个饭？那算了，其实早跟她们讲过了，你不喜欢这些安排的。

这些时候我心里都觉得很幸运。所以对她平时的念叨，都回以半正经半玩笑的语气：我还是个小孩子嘛！

我有时候真觉得二十来岁的自己和十七岁时候的自己某些方面没有什么区别。对年龄的概念也时而很模糊，想想自己具体几岁，还要用现在年份减一减出生年份才知道。所以身边有差不多年纪的人已经每天都在精密计算组建家庭的成本和所选对象的稳妥性，我都会暗暗觉得不可思议。但那总归是别人的事情，而显得不够成熟的人往往是我。

偶尔我也羡慕她们可以完全不畏惧开始另一种生活。

我最好的朋友之一，今年也告诉我会在十一月办婚礼。我连说了好多个"天啊"，最终在陪她订酒店、买家具的过程中意识到，八年好友即将嫁做人妇的事实。

好像所有人都奔赴在另一种生活的路上了。

以前有一个同事——安娜，我根本意识不到她大我那么多岁。她年轻、率真，有自己独特的爱好，又和我有很多重合的兴趣，我们常常因为一句话、一张图片、一个对视就能捂着肚子笑上几分钟，不常约饭，却都迷之热爱快餐汉堡王。在我们共事的那段时间里，她虽然密友好几个，但完全是独身，甚至和我一样没有真正的恋爱经验。我觉得她像是干净简单的少年，又像正在开化中的少女。想起她时，总觉得是一个单单独独的人，也是我认为"一个人也能生活得很好"的熟人代表之一。

没想到这个周末刚过去，几个月没联系的安娜就发来了消息。

她问，我看新闻，橘子洲都淹掉了。你没事的吧？

我说哎呀，我离橘子洲很远的啦，今天长沙不下雨了。

接下来，我们东聊聊西扯扯——今天搬到新办公室啦，隔壁是寺庙；听说李董要开副业做餐厅啦——哇，听上去很高级；×××还在吗？哦，她早已离职在家带小孩啦；花姐大着肚子带公公婆婆和老公去日本旅游，再有两个月就要生啦……说着说着，她忽然告诉我：我年前交了男朋友，今年十月准备结婚了。还附带一句很长的"哈哈哈哈哈哈哈哈哈哈哈哈哈"……

我打了好几个问号过去，又随即连发了十几个感叹号。

她那么独立有趣，我忍不住问了问细节。

"高中同学，十年好友，再见面就看上眼了。"

简单几句反而令我激动，毫不矜持地告诉她，我也不知道为什么内心在尖叫。

是啦，我就是很容易为别人的感情振臂欢呼。

曾听到朋友提起她在图书馆和喜欢的人看电影，看到一半转头望向男生侧脸，觉得好看又温柔，希望时间永远停驻在那个瞬间。我一直记得当时她面上的羞涩和快乐。哪怕当事人已经分手好久，再觅良人，我还是觉得，就算是在已消逝的感情里，那些曾经存在过的细小感受，依旧真实又动人。

　　但喜欢为别人的感情暗自感慨的我，回到家结束聊天，照例站在高层窗前拍下大片的天空时，却忍不住想，或许这就是我一个人的好天气吧。

|《小杜丽》

进入十九世纪时的英国

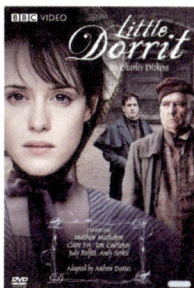

 王小明：

不知道大家有没有看过《傲慢与偏见》的电影版，其中第一个镜头就几乎美到令人窒息。全片散发着一种"我是好电影"的气质，精致的画面和精湛的演技，以及坚实的原著基础，非常值得一看！

咦……我要推荐的不是《小杜丽》吗？

啊！因为以上的夸赞完全可以照搬来推荐《小杜丽》！《小杜丽》原是狄更斯的小说，改编秉承 BBC 一贯的精良制作，场景和服装都完完全全让你进入十九世纪时的英国，剧中的每一个角色的性格都鲜明独特——直到现在，我只要想起男二说过的一句台词，还是会忍不住鼻子泛酸。男主和女主同样坚强善良，却一点也不恶俗，而男主更是在电影《傲慢与偏见》中饰演达西的演员马修！嗓音和眼神一样温柔的马修！令我为剧中他的告白哭肿了眼的马修！

健康生活好物 |
——吸管杯

王小明：

我特别喜欢 Ryan 这个卡通形象，所以当它的所属品牌和国内一个品牌合作的时候，我立刻冲到了附近商场……咦，没有？

不知道是卖光了还是没到货，我空手而归。但我不会放弃！因为……这次的合作款实在是太便宜了，比原品牌的自产产品要便宜三四倍！等到我下一次跑去的时候，店里终于多了好多好多的新商品，上面都印着我喜欢的 Ryan 大头，令我目不暇接，兴奋异常。

我买了一个小包包，开心得不行，恨不得挎在身上让店员给我扫码……和我同行的夏皇后也加入了帮我找商品的行列，在她的帮助下，我还买到了最后一个 Ryan 吸管杯（半小时过去了，终于讲到了这篇推荐的主角），皇后阻止了我把带挎带的吸管杯同小包包一起背在身上，但阻止不了我对它的爱意！（皇后：？）

我回家将它洗得干干净净，装满凉水，看电影的时候也喝，躺床上也喝，看书也喝，还带到了公司喝水，一天下来，喝的水比平时多了八倍，也没有每天买奶茶或者可乐了——胃里再也没有多余的空间容纳那些令人长胖的含糖饮料。我觉得自己整个人都健康了！

但是这个杯子有一个缺点，就是它是塑料的，要不是因为喜欢 Ryan，我是不会买一个塑料水杯的——不能装热水，买回来的头几天还有比较大的塑料味儿等等，但是……谁叫它好看呢。

我爱这糟糕的一切

○文 / 朵爷

打开手机，星巴克在母亲节到来之前发布了活动，带妈妈在某个工作日去喝咖啡，第二杯免费。

营销的时间节点都挺不错，但心里还是发出了一些些抗议的声音。

城市中奋斗的年轻人，大多孤身一人，离家遥遥千里。别说工作日了，节假日也未必有机会和妈妈在大街上走一回啊。

一起约着去某个装饰文艺的店里喝一杯，对于我们来说，一生之中也只可能是寥寥几回。

我妈不喝咖啡，她注重养生和运动。

我记得我刚上班的时候，去不起咖啡店，那时候最喜欢的是，去超市买某个牌子的大袋速溶咖啡，大概不到三十块吧，有二十来包，非常划算。

而且，我这个人从小不吃甜食，那个速溶居然比常见的要苦很多，真是深得我心。

半夜在租的房子里泡一杯，小锅过来尝一口，然后尖叫着：天啊，苦得想骂人！

那时候我们还熬得起夜，一杯速溶撑一个通宵，一宿能写一万字，灵魂和肉体都叫嚣着，我是一个年轻人！

当时我妈不知道从哪里听信谣言，打电话给我三令五申：不要喝咖啡！你会内分泌失调！你会不孕！你会猝死！

我……都什么跟什么！

但我妈到底也控制不了了，后来的若干年，我这老毛病非但不改，还日渐猛烈。她算是彻底地放弃了，改给我寄蜂蜜，大概是想，甜与苦应该是可以抵消的吧。

我前些天和某个朋友吃饭，聊到他父亲最近因病过世。

我原本以为，出于礼貌，这个话题应该点到为止。却没有想到，这位朋友表现得异常平和，他和我讲了很多父亲生前的趣事。

他讲他父亲在生病之后，虽然身体比较痛苦，却整日想着吃喝玩乐，全家人只得配合，竟然也苦中作乐不少。

我当时心里惊叹，哇，这位父亲在离世之前，应该是非常乐观的人吧。

而且这样的一家人之间，肯定也是相互体恤，充满爱意的吧。

我最近大概真是年纪大了（哼），就……抵制不住地去深思一些细微的琐事。

我妈经常在朋友圈有意无意地抒发着对我的愧疚——因为条件不允许，我从小不在她身边长大，等到我真正独立工作之后，我们的分开又是注定的。

这段岁月里，对她来说，似乎充满着遗憾。

这让我有一些难过。

我们常说父母长忧。是因为这些人一生负重前行，却舍不得我们的人生里，有一丁点的破碎。

想起以前去那种独立的小咖啡店，喝咖啡之前，咖啡师会先给你倒一杯清水。

他们会跟你说，不要让其他食物的味道，影响了咖啡的味道哦。

我那时候想，你们可真严格。

但后来他们其中一个告诉我，因为我们的味觉很厉害，能识别细微的不同。所以希望大家在接受新的味道之前，能忘记之前的。

毫无杂念地，面对眼前的一切。

那么一切就变得简单明了。

那大概是吧，其实所有人都是知道的，这人间，甜是甜，苦是苦，它们并不能相互抵消。

但也正是这样，我们才有幸尝遍千万种不同。

母亲节到来的时候，我给我妈买了一份礼物，打电话和她约定，选个时间一起出去走一走。

突然想起生日那天，组里的少女鬼鬼祟祟递给我一个大盒子，期许地告诉我：你一定会喜欢。

拆开最上层的盒子，是一沓明信片，最上面的，是《老友记》的那句台词。

"欢迎来到现实世界，它糟糕透顶，但你会爱上它。"

是的，毫无杂念地，爱上它。

黄油相机 |
你就是社交圈最文艺的少女

 朵爷：

每次推荐大家都在装文化人！不喜欢！

作为"拍照五分钟，P图一宿"的新晋网红（叉妹：什么时候的事？），我想特别有诚意地告诉大家，一个好用的相机是多么重要！

今天要推荐的相机叫黄油相机，它作为组内夏沆皇后最爱用的相机（竟然不是我），她那些平常发在微博上又文艺又清新的照片，根本就是站在垃圾堆旁边完成的！

虽然自拍不及美图秀秀，逼格不及VSCO（叉妹：那还有什么意义？！）……但是，它是少女们最小清新的相机哦！

LOGO就是一块黄油……它最让人欣喜的功能就是可以设计

"天气越来越冷，愿你对生活依然热情"

文字！所以，来，跟我一起下载它之后，打开它，随便拍一张照片，把不喜欢的边边角角去掉，弄一个小边框，再换一个滤镜，再配一句从《花火》摘抄的有点忧伤的话……我的天，你就是你社交圈里最文艺的少女！

好啦，希望大家都用起来，然后投稿给 @ 花火杂志的微博！我们会录用的哦！

天啊！这个广告要给满分！

可以拥有自己字体的 APP

朵爷：

　　很久没有写过字了，我小学的时候字写得很粗糙，班上转来一个女生，字却写得很好看，书法作业的时候我经常偷瞄到她的分数，往往比我的高很多。好胜心很强的我，开始练字。我爸给我买了很多字帖，把很大的白纸铺在吃饭的大桌子上，然后静静地坐在一旁，看着我像模像样地临摹。

　　后来字稍微好看一点，小学也毕业了，我和那位女生的较量也至此结束。所以，字帖这些东西也就被束之高阁。

　　这么多年过去了，大家都渐渐不再写字，我却依然很羡慕写字好看的人。

　　大家都说字如其人，字写得很美的人，他们的人生肯定也拥

有随处可见的艺术。

这个 APP 我下了很久，最近又被重新玩起来。我发现每天都有很多人在里面练字，有些字笨拙，有些很生动。但估摸，大家写字的片刻间，都像小时候我们练字帖般虔诚。

最棒的是后来它开发了新功能，你可以在这个 APP 里自创字体（需要同时下载"方正字工厂"APP），写完 6700 多个汉字，你就可以拥有自己的字体。

一起来挑战一下吧。

你别为日子皱眉头

○文 / 夏沅

　　我们公司楼下有一个咖啡店，因为距离公司实在太近，午饭过后，组里的大家经常会约着一起出去喝一杯。

　　今天下楼等电梯的时候，朵爷忽然问我："你最近怎么越睡越晚了？"

　　"是啊，"我捂着嘴接连打着哈欠，"最近经常睡不着。"

　　在这之前，我一直是我们组晚上最早入睡的，每当夜深人静大家因为失眠在群里聊得热火朝天时，朵爷总是怂恿叉妹："去，把隔壁皇后的门砸开！"

　　但最近我却睡得越来越晚，一闭上眼睛，总会有各种各样还没完成的工作跳出来：某本书没有定稿，某本书没有校对，某本书没有下书号，某本书没有下印厂。想太多的结果就是，越想越清醒，越想越难以入睡。

　　我床上很乱，iPad、kindle、键盘、没拆封的书。睡不着的时候就随手抓一件，抓到 iPad 就玩几局数独，抓到 kindle 就看几页书。最后收效甚微，恨不得干脆起床去夜爬岳麓山。

前几天写文案，大概是因为太丧，接连几版都不如意，朵爷最后忍不住指指我的衣服："可能是因为你今天穿的不对。"我低头，卫衣前面硕大的一个英语单词：Lazy。

啊，我烦躁地抓了抓头发，坐回去继续奋战。

我在微博上说，慢慢地你会发现，其实很多时候你的不满和怨怼归根结底都只是怄自己。气自己做得不够没有达到预期所想，气自己口是心非言不由衷，气自己浑身戾气不够温和，气自己锱铢必较不够洒脱。人大概都是这样，为柴米油盐折腰觉得日子困苦，有幸不必为生活奔波又计较诗和远方。

张美丽在评论里一针见血：人的一切痛苦，本质上都是对自己的无能的愤怒。

今年春节的时候，我回去见了一个认识很多年的好友，彼时她已经结婚，即将升级做妈妈。饭桌上大家聊天，话题大多围绕家长里短。我在一旁偶尔插话："真羡慕你们。"好友耸耸肩："我们才羡慕你呢。"

那天聚会结束，我在夜色中慢吞吞地朝家走，忽然感慨道：学生时代向往家庭、期待早日嫁得如意郎君的好友，如今结婚怀了宝宝；学生时代立志四方、誓要走南闯北漂泊追逐的我，如今南下孑然一身。

有时想想，命运又何尝不是按着我们所期望的轨迹在走着。

你想过的每一种生活都是对的，只要是你想的。

大概因为气压有些低，最近作者常常跑来找我，聊天之余总是会有意无意地说，你开心点呀。一瞬间，所有的坏情绪烟消云散。有时候是这样，不管多糟糕，只要是面对她们，总能很快地就被治愈。

我庆幸自己身边有这些人，所有的坏情绪才能够有所安放。所以当突然的某一天，我在微博首页看到一位好友吐槽状态不佳的时候，我安慰他说：你别为日子皱眉头。

因为在我的印象中，他是那种很阳光，天大的事笑一笑就能过去的人，如今却为生活困扰，实在不应该。

我的微博最近也常常收到读者的私信，大多是倾诉对未来的迷茫。很多时候我都愿意回复一下，哪怕没有什么实质性的建议，一个拥抱的表情也算是安慰。

未来的日子还长，只是希望将来无论怎样，我们都一样：永远不为日子皱眉头。

夏沅：

　　今天想给大家讲一个鬼故事（超吓人），不知道你们有没有这种经历，每当你把钱放在钱包或者银行卡里，总会有一只手悄咪咪地伸过来，然后在你不知道的时候，把你的钱……偷走！（我真的没花，真的是被偷走的！）

　　后来，我无意中在微博看到了一个好有意思的存钱方法：365 天存钱法。做一张表格，从 1 开始写到 365，然后第 1 天存 1 块钱，第 2 天存 2 块钱，一直到第 365 天存 365 块钱，而且每存一天，你就可以在表格上画掉一个数字，这样等一年以后，你就可以存 66795 块钱啦！当然，如果是还在上学的小仙女们，可以从 0.1 开始存，第 1 天存 1 毛钱，第 2 天存 2 毛钱，这样以此类推，一年下来我们也可以存六千多块钱呢！

有人说，当你二十天都在做同一件事情的时候，那么这件事情就会成为你的习惯。希望这个小诀窍能够成为你的习惯，一年以后我们来比比谁存的钱多呀！

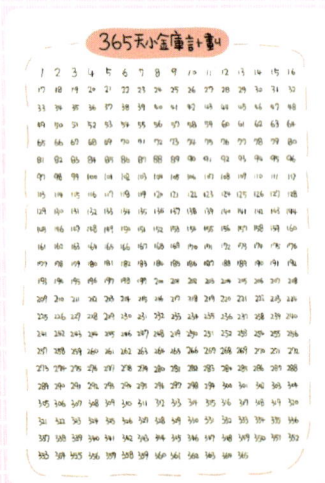

| 随带随储神器

——kindle

夏沅：

　　长沙一年只有两个季节：夏天、冬天。冬天晚饭后和叉妹回到家，缩在被子里手都伸不出来，这种天气别说窝在地毯上一起看书了，我们俩连对话用的都是微信！

　　去年在张美丽的"怂恿"下，我们一人买了一个Kindle，这个东西在冬天真的超级好用，而且屏幕是电子墨水屏，据说这种屏幕最接近图书用纸，非常保护眼睛，而且内存也很大，可以储存上千本图书。当然，最重要的还是方便，假期回家或者外出旅游，可以直接放在包里，闲暇时间翻一翻，一本书就看完了。

　　（叉叉：夏沅你真的没有收人家的钱吗？为什么这个推荐看起来像是一个广告？）

我们都知道

○ 文 / 朵爷

不可思议，我最近又勤劳了，周末还整理了房间。

我把春夏单薄的衣服都塞到了袋子里，为了更省空间，还机智地抽掉了里面的空气（我们没有大房子的穷人都是这样过日子的），然后以我一米五五的身高优势，踩在椅子上吃力地把它们放到衣柜的最上面。

用吸尘器吸完房间里的灰尘，趁着雨天还未到来，我又将马上要替换的四件套翻出来晒上了。

大概是平常太懒了，一个人在家里做完这些琐碎的事，居然还衍生出一丢丢成就感。

尘封的旧物，新鲜的日光，我环顾着屋子里所有的一切，感觉它们都和我一同郑重地过渡到了冬天。

之前，我和小锅、珊珊约着打车去新开的商场——我很久没有离开过自己的住宅和工作区域了。

吃完饭散步时，我们发现商场旁边有一家全玻璃门的咖啡店，座位和座位之间挂满了白色的帘缦。我们走进去，刚好看见有人过生日，古木色的长桌中间点了许多高高矮矮的白蜡烛，鲜花摆在旁边，啊，真好看！

那种莫名的仪式感般的东西又迅速地在我心中作祟。

我跟她们说，我要买蜡烛！

她们鄙视地看着我，那不适合你！

我又说，我还要买一点灯，在阳台上张灯结彩起来！

她们又鄙视我，你阳台上明明都晒着衣服……

……

我打开淘宝，又颤抖着关掉了，我的天，一根蜡烛居然要88元……

之后，我就差不多忘记了这件事，结果直到"翻旧物"那天，我居然在书柜的顶端看到了一堆白色蜡烛，大大小小的，上面还落了薄薄的一层灰。

我突然就想起，原来那一年我去宜家是买了蜡烛的。

好像还用过一次。

前些年我还住在出租房里时，大概也是冬天吧，晚上突然停电，我情急之下拆了一盒小小的圆盘蜡烛，在每个房间的桌椅柜上都放了几根。

其实，我小时候也常在外婆家点蜡烛，后来很少用到，但这种小火苗就是很奇妙的东西啊。

那种非常微弱的淡黄色的光影，在黑暗里轻微地跳跃。你眼前的东西，心里的东西，都在一瞬间，变得温和起来。

这让我联系到另外一件事。

某天夜晚高中年级的微信群里弹出来消息。

有人问，谁还记得高中 ×× 班那个圆圆的脸的女孩子？我当时很喜欢她。

大家开始起哄，有一个人站出来说，是 ×× 吧，她已经嫁人啦。

男生发了一个傻分分的表情，说，也没有什么，就是隔了这么多年，突然想讲出来。

大家一片沉默，顷刻间好像有什么东西蔓延开来，群里开始告白式地自嘲。

当年我也喜欢 ×××，不知道她过得好不好啊。

其实 ×× 班的那个学霸也很帅。

我曾经写给 ××× 的情书，可惜对方还没收到就被班主任没收了！

……

我平常不太喜欢看这些东西，但那天莫名其妙地拿着手机"偷窥"了很久。

他们叽叽喳喳讲了无数条，那感觉就好像是旧时光扑面而来。

你偷偷关注过的人，曾使你伤神过的小事，都在那一刻毫无征兆地觉醒。

时光的若无其事，让我们根本察觉不到今日和昨日有什么差别，却又总是有一些这样那样的细枝末节，让你敏锐地发现——

有些事像一颗深埋的种子，无意种下，再等你重新想起它们的时候，这颗种子早就破土而出，又或者，在种下的那天就已经停止生长。

不管是哪种结果啦，它在你回想的那一刻，就已经回报给你。

这世上大部分的浪漫，其实是我们自己亲手制造的。

今天叉妹绝望地跟我们说，你们知道吗？我今天穿的衣服就是后天要穿的衣服！

张美丽最近都戴各式各样的帽子以掩饰三天洗一次头的尴尬。（我就不掩饰）

啊，年末带给我们的狼狈和失落远不止这些。

一年又一年地过去——我对时间一直有过分的敏感和不舍，甚至还怀有悲观的态度——你知道啊，岁月总是漫长的，而属于我们的那一份却不是。

我把阳台上的衣服都收了起来，要知道我们南方的冬天，几乎也是晒不干衣服的。所以群里面的小伙伴几乎是崩溃地团购了带烘干的洗衣机。

去年打包在盒子里的圣诞树早早地拿出来了，蜡烛就摆放在它的旁边，换了地毯，拿出手机在网上买了一些灯串。

——早该这样了呀。

我想象了一下，这样告诉自己。

虔诚地做完这些事，蓦地惊觉命运还是很讲道理的。

以往我们错失的一些大大小小的东西，到底都会以别的方式零零碎碎地回到你的人生。

无声地，在这流水般的过程里，融入生命。

我们都知道的。

|《小猪佩奇》
我们的 "粉红猪小妹"

朵爷：

本次我给大家带来的是年度热门动画片——《小猪佩奇》！

各位朋友，先不要生气，听我说！它并不只是给 1～3 岁宝宝看的！因为我本人经常在家里看得咯咯笑，要知道我已经快 29.9 岁了！（……骄傲什么？）

这部寓教于乐的英国动画片，每集时长五分钟，讲述了女主一家以及她的朋友的日常生活，幽默可爱又社会……这些都不算什么，这里面最吸引我的，是女主小猪佩奇和她的好闺密小羊苏茜的塑料情谊。

为了安利身边的人看这部动画片，我蛊惑有些组员换成了小猪佩奇的头像，叉叉为了过稿（不存在的）还送了我佩奇周边的手机壳，小锅还送了我一个佩奇手表，带投影的，我很感动！而我呢，每天不遗余力地在茶水间跟大家分饰多角表演里面的情节——

佩奇发现全家人都会吹口哨，而她练了八百回都不会，于是打电话给苏茜。

佩奇：苏茜，你会吹口哨吗？

苏茜：不会。

佩奇（快乐）：太好了！我也不会！

苏茜：什么是吹口哨啊？

佩奇：你把嘴张起来……（具体教程略）

苏茜：……是这样吗！（嘘嘘嘘——吹得嘹亮！）

佩奇直接把电话扔了。（好吧，并没有扔电话，她只是迅速挂了电话，想和这种假闺密绝交。）

幼儿园要准备才艺表演，佩奇拼了老命（……）准备了三个节目，分别是跳绳、唱歌、跳舞，还兴奋地告诉了好姐妹苏茜，并提醒她：看电视可不是才艺！（呵呵，马上你就知道错了！）

排在前面的小象（可能是小狗，随便吧）表演了跳绳，佩奇很自信：没关系！我可以唱歌！

排在前面的小兔（可能是小狗，随便吧）表演了唱歌，佩奇依然自信：没关系！我可以跳舞！

老师：苏茜，你要表演什么？

苏茜（一蹦三尺高）：我要表演跳舞！

佩奇：？

苏茜跳完，春风得意：佩奇，看电视可不算才艺哦！

佩奇：？

……还不来一个人拦住我？王小明？肖叉叉？不拦，我要写八千字了……好吧，总之，诸如此类的情节数不胜数，希望全国朋友都看起来，如果看完了中文版，可以看原声版，纯真的英式口语，而且语速很慢，非常适合口语练习。还等什么呢，一起来拥护我们的粉红猪小妹吧！

像这样一场大雨倾盆

○文 / 张美丽

天空突然下起雨来。

长沙的天真的相当任性。上午春光还灿烂着，下午倏地就一大盆雨泼过来，砸得世界啪啪地响，马路上起了氤氲的水雾，车辆飞速地穿梭在里面，像一尾鱼。

我住的地方在马路边，灰多，也只有在这样的雨天敢打开窗让空气灌进来。挟着进来的还有一股湿润的凉意，混几丝草木气息。大雨崩落，将一切尘埃都抹去了，令人神清气爽。街上冒出了一朵朵小蘑菇，两旁香樟树被打得发亮，抖擞着新而润的叶子，一扫黏腻的、沉闷的、焦虑的所有，让人想走出门去淋一场。

我已经有很久周末不曾出过门了。因为懒惰，也因为疲惫。

上次妹妹来这儿小住了一阵，望着一到周末就瘫在豆袋上化成一摊的我，一边感叹这方寸间的地方被我布置得温馨又有人情味，一边摇着头叹：你也太宅了一点。

我笑她搞不清这其中逻辑，就是为了方便宅，所以才布置得舒服一点啦。

人长到一定年纪，真是疲于去应付人情世故，做些无意义的社交：精力太不够用了，光用来取悦自己都不够，实在没有办法再提起精神去维护一段新的关系。相比起热热闹闹的插科打诨，倒是更愿意一个人窝在舒服的沙发里读本书看看电影——这世上本也没什么非听不可的话。

于是对外在的敏感一步一步变低，总是停留在一种迟缓的迷茫中，人也就慢慢钝起来了。

想起很久之前和朋友坐在一起聊天，她说好久没见我在朋友圈发自拍了。我哈哈哈发出一长串大笑，叉着蛋糕大喊：太懒啦！我十六七岁的时候，以为我现在这个年纪都已经嫁人生子了呢，没想到会连恋爱和工作都顾不好。朋友笑了笑说，同样没想到自己这样的年纪会被孩子束住，每天睁开眼就是各种花费，脑子里绷紧的弦一刻也不得松。

我们想过的和拥有的截然不同，未来同样的令我们忧伤。知道再怎么折腾也像是如来掌心里的孙悟空跳不出什么新天地后，索性偏安一隅偷起懒来——当然那样牛气跳出来的人也有的，从前我也以为我会是他们中的一员。

大家都曾这样以为过吧。

那时很多事还没有发生，拥有无限可能的未来，我们因为年轻而不懂得生活的微妙，还以为每一种里都会写上光明。后来？后来当然是灰头土脸，被生活摁在地上摩擦后幡然醒悟：原来"诗与远方"这么昂贵。

给人希望，也给人怅然。

那天的回家路上，我望着对面自拍的小情侣握在一起的手发呆，收到了她的消息。她劝我别熬夜，别那么焦虑给自己压力。"有什么不快跟我说，即便解决不了实际问题，但讲出来，心里憋着的那股劲才会有出口。"

心里忽然就绵绵下了一场雨，有种无法形容的湿润的温柔。我想说一句"谢谢"，但我讲不出口，最后只能轻轻"嗯"了一声。我知道她会了解，在这个字的背后，裹藏着我怎样的感激。

虽然我一直觉得人生很辛苦，我们在命运啊、生活啊这种宏大的词语面前总是不堪一击，不管多么自命不凡，多么疯狂固执一意孤行，最终还是要平静地接受走向最寻常的命运的设定很心塞，但还是会在一些诸如此类的时刻觉得，总还是有些美好的发生令人值得支撑着再坚持下去的。

所以在烦闷得要爆炸坚持不下去的日子里，走出去做令自己开心的事，发一发疯，去见令自己愉悦的人啦。去"遇见"，去"发生"，用它来抹去旧日尘埃，然后打起精神再次出发。就像这样一场大雨倾盆。

谁知道未来会有什么呢？

春花秋月夏日凉风冬日雪吧。

给了一根"活下去"的绳索

张美丽:

　　《小偷家族》是我最近很喜欢的片子，也是前一阵戛纳电影节最佳影片金棕榈奖的获得者，出自日本导演是枝裕和之手。

　　日本电影我看得不多，只通过零星几部名作对日本电影有个大概的印象，包括是枝裕和之前的作品《海街日记》。我不太喜欢日本电影的慢节奏，配上过于细碎的情感，看多了实在闷得慌。所以，当初关注戛纳主竞赛单元时，再次看见是枝裕和的名字，我并没有过多期待，更不会料到《小偷家族》会给我带来这么多的触动——这片子后劲太大了。

　　它讲述的是一个拼凑起来的犯罪家庭，因捡回一个小女孩而破碎的故事。片子的底色是幽暗残酷的，但拍得平静而圆润，扒开来看，内里波澜壮阔。它阐述了某种真实的壮阔的情感，给了剧中所有人物一根温柔的、活下去的绳索。这个片子值得多看几遍，不管是剧情、镜头，还是演员，很多细节值得说道，但可能拥有深一点的情感领悟力能更好地体味它的余味。

松花酿酒，春水煎茶

○ 文 / 朵爷

我最近下班喜欢去超市逛逛。

超市离公司五百米不到。我大多时候邀锅一起，穿过马路，讲几句公司的八卦，几分钟就到了。

作为一个半夜就会饿的瘦子，我一般会囤点饺子、面之类的。有时候也买菜。

我其实不会做饭，但就是觉得在超市买菜是一件很快乐的事呀。琳琅满目，大多是很新鲜的颜色。

挑挑拣拣的，看见什么都想买一点儿。

比如我买两个鸡腿，小锅就会在旁边问我：你会做？你知道怎么调料吗？你们家烤箱开过吗？

我说：那我把它放水里煮一煮就吃。

又比如，我会一边装模作样地买牛腩，一边问小锅：你说土豆炖牛腩怎么做？

她说：你先把牛腩焯水，再拿出来放到锅里，中火至小火炖大概……

我说：那算了，周末你来做吧。

周末，她果然来了，拎着一大袋子各式各样的肉。

紧接着，她在厨房里发脾气，这锅不怎么好，这铲子还不换？你刀该磨了好不好。我的天啊，想把你厨房烧了。

……不是说做饭的人都心存温柔的吗？你这样做出来的东西会好吃？

我看她那凶神恶煞的样子，口不择言道：我……我外婆家的锅一辈子没换过！

她看着我，想吐血。

其实之前离职在家休息的那几个月，我是做过几次饭的。

因为一人食嘛，每次在厨房乒乒乓乓捣鼓很久，还要打开APP看先放什么后放什么，等到菜做完了，已经没有力气吃了。

一点也不快乐。

小时候总诧异那些主妇们的抱怨，总是做饭的人，几乎都不怎么想吃饭。

现在想来，年年岁岁里，不管生活幸与不幸，一日三餐，总归是要她们来做的。

这么漫长的一个习惯，大概耗掉了她们太多的乐趣。

她们大概也需要换一些厨房新物件，听几句新鲜又温柔的夸赞了。

想起来，我以前也总嫌弃我妈做的菜不好吃。

记得我读高中那会儿放假回家，我妈那阵子正沉迷各种养生食谱。

而我每次都担当我妈实验中最重要的部分——试吃。

所以，后来大家经常讨论妈妈做的菜好吃的时候，我总是叹气：别人家的妈就是不一样。

可也不知道为什么，最近兴许是太久没吃了吧，居然莫名地有一些些怀念。

哇，人类啊，总是被这种诡异的情感所控制！

我在微信里问她：你上次来我家时做的那个鸡肉怎么做的？为什么我做不出来那个味道？

她特别得意，跟我讲了半天她的诀窍之后，开始数落我：你知道为什么吗？你厨房的调料太不齐全了，这样做出来的东西怎么能吃呢？

这个人，果然不能夸。

又不得不说，人随着年龄的增长，是更擅于捕捉生活中的幸福感的。

年少读书的时候，总是很慌张，也许是因为考试成绩这件事太像一个巨大的阴影笼罩着我们，又或者是那时候的我们，不太能为自己做主。只有见到偷偷喜欢的人，心里才会有一丝涟漪。

可我们不一样啦，喜欢的东西都是零零碎碎的，却又总是层出不穷。

《深夜食堂》里有一句经典台词，人世间，酸甜苦辣，若长良川。

我们的灵魂和身体从来都不是一致的。

你长大了一些，又变老一些，你的灵魂却像回到六七岁的时候，容易被无数细小的东西吸引。

而这些看似细小的东西，可以让我们在一生之中的无数崎岖里，走出最平稳的那一步。

再去逛超市的时候，我照我妈的吩咐，拎了一大袋调料酱回去。又在手机里下单，把小锅要砸掉的东西通通换了新的。

想着下次这些人再来给我做饭的时候，可没有话说了吧。

竟有一些些期待。

但在此之前，想学一学松花酿酒，春水煎茶。

好好住 |
向往的生活

朵爷：

这个 APP 我并不是当成一个家居打造的 APP 来推荐的。

在我看来，它是一种向往的生活，甚至又满足自己小小的窥视欲。

它的界面非常文艺整洁。有全球各地数百万人在这里记录自己的房间。不管是豪华开阔，还是狭小局促，你通过这些人温馨的布局，都可以猜想得到，这些有心的人，在他们的房间里，是如何如何明亮地生活。

之所以推荐给尚且年少的你们，是因为我觉得，不管现在你是住自己家，或者租房，甚至是和同学一起住在几平方米的宿舍，都没有关系啊。你依然可以跟他们一样，通过一幅挂画、一盆绿植，甚至一个小小的挂钩，让你的小天地变得与众不同。

要知道，你认真打造出来的每一个细节，都是你在一点点地热爱自己的人生。

我把这个 APP 推荐给了许多人，像小锅啊、叉妹啊。其实它最感人的地方是，我每次看到大家打开它，他们翻到里面每一张照片，就一定会忍不住惊呼，哇，这就是我理想中的家啊。

然后努力地，朝着它努力。

对了，创建者肯定也是很正能量的人吧，因为名字实在是太好听，好好住。

不论岁月如何变迁，不论你身在何处，不管你是否独自一人。

keep |
连气息都是青春的

朵爷：

编辑部的少女们每个人都办了健身卡，却从来没有去过。

因为长期伏案工作，又经常玩手机，时间一长肩颈毛病就出来啦。二十岁出头的少女们，俨然已经是六十岁的身体，每天在办公室痛得嗷嗷叫。

大家都太缺乏运动了。我偶尔会去跑跑步，跑完浑身都会轻松很多，肩颈痛也能缓解不少，所以个人觉得适当运动还是蛮重要的。

Keep 这个 APP，比较适合"可能没有运动习惯，但试图培养习惯"的人，因为它会根据你的要求（减肥还是增肌之类），和你的身体状况来给你制定一些运动计划，比如说，跑步、骑行、做操之类的，也会有一些简单动作教程，以达到更好的运动效果。

整体其实和一般的运动 APP 没有特别大的差别啦，只是我恰巧用到了这一个而已。真的很佩服能坚持运动的人，我感觉那样的人，无论年纪多大，连气息都是青春的。

一方湖水

○文/王小明

周末我在朋友圈发了一条状态。

配字"苦恼的痕迹"，配图则是几张被揉成团的字条，和一张小S仰头大喊"当人真的好累哦"的表情包。

其实是很简单的事情——我只是想写张便笺提醒室友用完锅子记得清洗干净。

然而该如何措辞，字里行间该怎样体现委婉的语气——写得多显得太啰唆，写得少又过于冷硬。实在是件小事，心里的小人儿却已经像小S一样仰头大喊："当人真的好累啊！"

啊……对，我又搬家了。

之前的独居生活确实十分平静，每天可以说是心如止水。下班回到家也完全不需要再和其他人社交、磨合，省去了很多麻烦，不用为琐碎的事情烦恼。

但是，一个人经历过长沙的冬天，还是觉得有些难熬。

公寓很小，我每天要撞几次床角和桌子，壁挂式空调的制热效果也不好。书桌紧挨着阳台的落地门，我坐在书桌前还是会被冻得打战，不出门的周末几乎都缩在被子里。

在寒冷、漫长的冬天，"止水"简直变成了一潭死水。

夏沅、叉叉她们搬家之后，我们住得更近了。

我常常去做客——说"做客"有些正经了。通常是大家下班后一起吃完饭，聊天又还没有尽兴，就转移到她们家的沙发上，边看电视，边吃吃喝喝。

周末我也曾穿着睡衣、拎着酒瓶去蹭沙发和零食。

朋友同住的氛围，在暖黄色灯光的烘托下，显得温馨又热闹。

我在终于轻松、自在地独居一年多后，又动摇了。

搬进现在住的房子不算太累，我甚至又一次独自完成了"搬家"这件事情。

仗着自己东西不多，小公寓和现在住的房子也在同一个小区，我先是谢绝了要帮忙的 B 组姐妹们，还信心满满地和路过长沙的表姐在搬家当天约了饭，又拼命打消了表姐和她朋友过来帮我搬家的念头。当然……我高估了自己的速度，也低估了自己的行李数量，只好跟表姐道歉取消见面，又接着投入到一团乱的整理工作中。

表姐在微信上跟我道别去搭飞机时，我心想，自己未免也太爱逞强。

　　和新室友的相处比较平静，也一起分享过早餐和水果，但在生活习惯上还有些需要磨合的地方。

　　我却始终不太想通过正面表达来磨合。

　　我心里明白，这并不是什么要紧的事，良好的沟通也是人际交往中非常重要的一环。

　　但人和人之间的关系在我看来，总是尤其脆弱。

　　说出的话也许会被误解成其他的意思，不经意的一个词，一个细微的举动，都有可能在他人心里掀起巨大的波澜。

　　我经历过一些破裂的关系，其中的碎片有些消失了，有些结成了疙瘩，永远停留在那里。

　　它们给我留下的后遗症大概是，只要自己承受得了，就不去影响对方。

　　我宁肯每次花上本不该花的时间去做本不该我做的事，也不想和室友表达一句简单的要求。久而久之的积累，最终还是会发展到吃饭的时候顺着话题跟组里抱怨起来。

　　我更不喜欢只会抱怨却无法改善问题的自己。

　　所以在这之后的周末，清洁完厨房，我就回到房间写留言——室友周末也在工作，不用当面组织语言让我松了余下的一口气。

　　事实证明，原来这真的是一件很简单的事情。

　　室友很大方地接受了我的小字条，大家第二天也照常打着招呼……最重要的是，室友也会把小锅子洗得干干净净啦！（朵爷：你这个洁癖症患者！）

偶尔放下心来，请别人分担一些沉重的琐细，才发现原来那些并非枷锁，而是钥匙。

——夜晚我躺在床上，这样想着。

窗外不知是月光还是旁边施工大楼的强光，透过飘飘荡荡的纱帘在房间竟显得波光粼粼，像一汪湖水。

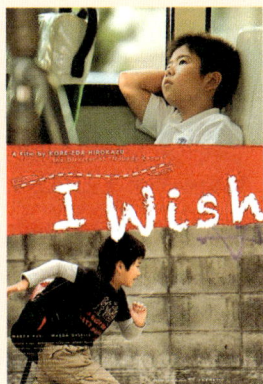

 王小明：

　　前段时间重温了是枝裕和导演的《奇迹》，在看的过程中才
回忆起原来我早已看过这部电影。早到我都忘了具体是什么时候，
但当时还不知道是枝裕和的大名。

　　距离第一次看这部电影应该已经过去了很久，印象里最深的
不是白色的轻羹，也不是弹吉他的小田切让，而是小孩们的奔跑
和行走，以及他们在陌生老夫妇家的那一晚寄宿。

各自跟随父母分居两地，许久不见的兄弟俩，在小伙伴们睡着之后，坐在走廊外面，分享外公做的轻羹，真挚的对话中又带着令人忍俊不禁的孩子气。

　　重看《奇迹》，对它的喜欢又越发深沉，像是枝裕和的其他作品一样，温柔、深刻，又平常。许愿的那一段，许多个分镜头凑在一起，每个小孩都有心底的烦恼，也有藏起来的梦想。《奇迹》的台词没有渲染，只是简单的对话，就值得翻来覆去看上十几遍，每一遍都让人鼻子发酸。每每想到元气十足的弟弟在电话中对妈妈说的那句话，都觉得好像又有了好好生活的力量——

　　"我努力变快乐的嘛！"

王小明：

对于我们这些过敏性鼻炎患者来说，稍微干燥的空气就是一把刺痛鼻腔和呼吸道的利剑。尤其是干燥的秋天和开空调的日子，没有加湿器的我，早上起床总感觉自己像一条搁浅的鱼……

自从去年九月买了加湿器之后，我才知道原来快乐这么简单！除了不会再被因干燥而导致的鼻腔刺痛感烦得睡不好觉之外，加湿器还带夜灯功能，暖黄色的灯光尤其温馨。如果再在睡前滴上几滴香薰精油或者点上香薰蜡烛，天啊，我就是一个拥有湿度正好、温暖馨香的房间的精致少女。

有时一个人待着的夜晚，会感受到一阵轻飘飘的难过。但闻到旁边传过来的香薰精油的味道，竟有种被安慰和治愈的感觉。而当夜深人静看小说看到抽泣的时候，加湿器发出细微的水声，又像是在陪我一起流泪。

（叉妹：小明，多和人类交流一下吧……）

你看，小小的一个加湿器也可以美好到这种地步哎。

后来朋友生日，我也送了同款加湿器。不久之后她生了小孩，我放假期间去看望他们，发现婴儿房里开着空调和我送的加湿器，非常开心。

加湿器买了这么久，除了阴雨连绵的季节，很少闲置，所以偶尔我还是会不自觉地在心里发出"买得真值"的感叹……

卷二：夏日风

不知明日是否会下雨，如果会，
那么请下在我色彩斑斓的屋顶。

不如一路向西，去大理

○文 / 夏沅

2017 年暑假的时候，我和张美丽相约一起去了大理。

出发的那天下午，她路过小区接上我，我们两个坐在后座有一搭没一搭地聊天。

我："我带了 iPad，一会儿可以看剧。"

张美丽："我带了 kindle，无聊的时候可以看书。"

我："我带了键盘，有点重，希望可以在大理把稿子写完！"

张美丽："我带了蓝牙音箱，到时候……"

"你带了什么？！"我转过头打断她，"蓝！牙！音！箱！"

于是，六个小时高铁加一夜火车过后，我们俩瘫在大理客栈的床上，将蓝牙音箱放得震天响，一边担心客栈老板娘把我们赶出去，一边昏睡了过去。

我们俩都是不爱做计划的人，以至于临出发的前几天，客栈都没定。张美丽对住宿没什么要求，我也是。我开玩笑地说，只要不睡地下通道，在哪儿过夜都行。

朵爷恨铁不成钢，每天盯着携程帮我们看客栈，定攻略。

环游洱海那天，我和张美丽一起去租车。

我不会骑自行车，从小就不会。张美丽会，但是她……只会骑自行车！

车行老板热切地向我们推荐电瓶车，方便又舒适，还防晒。我们俩相视一笑，最后为了保险起见，选了一辆双人自行车。

我因为不熟练，几度想骑着自行车去"碰瓷"人家宝马。张美丽惶恐地攥着龙头，不放心地叮嘱我："皇后，我们翻车都没关系，你别去蹭人家宝马啊！"

后来骑的时间久了，我越来越娴熟，对自己的车技充满了自信，甚至口出狂言："等我回到长沙，咱们骑自行车去橘子洲看烟花！"

洱海因为修路的缘故，周边的很多路都被设了路障。我们俩跟着地图东拐一下，西绕一下，最后骑到了一条林荫小路上。

小路旁边整整齐齐两排树，有风穿过树枝，带着些清凉。路边的小房子鳞次栉比，清一色地刷着白色的墙漆。远远看过去，壮观又神秘。

我和张美丽心情大好，一路哼着歌，最后竟然也骑到了洱海边。

洱海的天碧空如洗，一朵朵白云悬挂在天边，仿佛伸手就能触碰到。

张美丽率先跳进洱海，远远地招手，怂恿我进去拍照。

我脱掉鞋子，小心翼翼地踩在鹅卵石上，然后深一脚浅一脚地往里走。

洱海里拍照的人很多，我们扭扭捏捏地摆着剪刀手，而当发现大家都沉浸在自己的镜头里时，我们开始做作地摆出各种浮夸的动作。

有人说，旅行就是从自己待腻的地方，去到别人待腻的地方。

我不知道常年待在大理的人会不会觉得枯燥，但我却觉得这座城市，哪里都是风花雪月。

返程时因为疲惫，我们放弃了去喜洲古镇的计划。

太阳高照，我们沿着小路往回骑。途径一个转弯小土坡，我试探性地问摩的小飞侠张美丽："加速吗？"

"加！"张美丽斩钉截铁。

于是我们一路加速，冲进了……沼泽地。

车子翻下来的时候，我用余光看到身边的张美丽跳了出去，欣慰之余我默默祈祷：别砸脸别砸脸！我不能破相！

张美丽最后没能幸免，背朝下坐进了一口水井里，我也惨，被双人自行车压着腿翻下来，砸进了沼泽地。

意识回神的那一瞬间，我顾不上检查埋在沼泽里的半条腿，只想扯着井里的张美丽质问她：

说好的这个地方能！加！速！呢！

什么叫我们翻车都！没！关！系！

后来拉我们上去的，是一群学生模样的男生女生。

我因为翻车后试图撑着站起来，双手陷进沼泽里，沾了满胳膊泥。

男生丝毫没有在意，伸手把我拉了上去，同时把我们的车子也拉了上去。

我和张美丽一边说着谢谢，一边嫌弃地看着狼狈的对方。

感谢陌生人善意的温暖，让我们俩即便翻了车，摔了腿，也还是对大理有着不错的印象。

大理的酒吧有很多，晚饭过后我们挑了家临窗户的酒吧坐了进去。

老板娘很瘦，脸上打着厚重的阴影。

我们点了半打酒，老板娘送了一碟花生。窗外飘着雨，我因为穿得薄而瑟瑟发抖。

驻唱歌手换了三个，印象最深的，是那位嗓音沙哑的男歌手唱的《勇敢一点》：

我一定会勇敢一点 / 即使你不在我身边

你的决定和抱歉 / 改变不了我的明天

曾经因为喜欢一个很优秀的人，所以努力把自己变得优秀。

后来经过岁月的沉淀，你足够优秀，他却已经不在你身边。

稿子写到这里，我敲开了隔壁叉妹的房门，吃了她刚切好的黄桃，又啃了好几块鸭脖，然后仰天长叹："我要怎么收尾呀……"

叉妹在P图，据说今天是她来长沙的第六年，随后建议道："你可以夸一夸张美丽呀。"

嗯，有道理……

我们组我最先熟悉起来的是琴子，因为她坐在我旁边，随后是叉妹，因为那年冬天我们搬到了一起，最后才是张美丽。

我最初对张美丽的印象……嗯，怎么说呢，没什么印象，因为她太高冷了。每天独来独往，偶尔碰到打个招呼，客套又生疏。

后来高冷的人设是她自己崩掉的，因为迷糊，每天像个傻大姐一样地乐，每次被我们嘲笑，也总是笑呵呵地不反击。（也可能是因为总是反击失败？）

印象最深的是某天午休，我和叉妹因为没在公司吃饭相约下楼觅食，吃完午饭的张美丽和我们同行，边走边讨论再吃点什么好。

结果刚走进电梯就听见同事不可思议的声音从背后响起："张美丽，你不是刚洗完勺子吗？"

电梯内爆笑如雷，她也不恼，但自此，全公司都知道花火B组有一个胃口很好的张美丽。

我们在大理翻车那天，我左小腿全部瘀青肿了起来，躺在床上不能动。她从外面回来，带了晚饭和果汁。

我们都是没什么计划却也都是有些自我的人，一路上能和平共处，多亏了彼此包容。

有些人一开始很熟络，熟悉过后暴露本性，越来越难以相处；而有些人一开始疏远，相处久了反而觉得舒服，张美丽就是这样的人。

所以比起高冷的张美丽，我更喜欢在星巴克和我们聊八卦的她，接地气又可爱！

|《好好》

好好地生活，好好地变老

夏沅：

《好好》是收录在五月天第九张专辑《自传》里的一首歌，知名度其实比不上同专辑的《后来的我们》，我也是偶然在歌单里发现它的。

这首歌的曲调很柔和，整首歌听下来，更像是一位退去岁月痕迹的老人在讲述一个故事。

只不过，最初吸引我的，并不是曲调，而是结尾的几句歌词：

我们都要把自己照顾好，好到遗憾无法打扰。

好好地生活，好好地变老。

好好地假装，我已经把你忘掉……

　　当成长到一定的年纪，我们就会发现，无论是喜欢的那个人，还是陪在身边很多年的那群人，终究抵不过越走越远的结局。

　　我们拉扯在手里的东西，最终多半都还是要放手。

　　但即使这样，我也希望，在历尽千帆后，当我们变成了我和你，依旧能够好好的。

　　——好好地照顾自己，好好地生活，然后慢慢地变老。

世间真假，皆我所求

○文/叉叉

二〇一八年，对我不太友好。

说不上是哪里出了问题，大概是年纪渐长的焦虑，一夜之间，做什么都不顺手，也总是缺少运气，终于在清明节前的最后一个工作周，我预感到下一秒就要焦躁到砸电脑，只好反复劝告自己及时止损——下午4：25，我买了当天凌晨飞芭堤雅的机票。

等我回过神来，一个人的旅程已成定局，我收拾好行李，疲惫地在机场等待午夜的降临，没有一丝旅行的雀跃。

因为我心里清楚——这是一次"出逃"。

我以往的旅途总是由我牵头，邀请了朋友一起，全程都会按照我规划的路线和制作的攻略游玩。因为我喜欢那种计划期待的旅途的满足感。然而那天，我只是带着一身疲惫、满目憔悴，湮没在兴奋出行的人群里。

凌晨的飞机上，前排女孩叽叽喳喳的声音将我吵醒，有人转过身小心翼翼地和我借笔填入境卡，她叫我"姐姐"，我却有些难过。

那个笔帽上映出的人是我吗？依旧带着本子和笔满世界跑，却不再是双目发光的小女孩。

和邻座情侣短暂的交流中，我得知女生预约了芭堤雅有名的高空跳伞，像那首老歌里唱的：在一万英尺的距离。

我羡慕她的勇气，心里却有一小块地方，也怂恿着恐惧高空的我——跳下去吧，四千米，脱胎换骨。

那个终于抵达芭堤雅的凌晨并不顺利，与情侣告别后的 6 个小时，我在酒店大堂喂蚊子到天亮，也没等来登记入住的服务员——这就是只身旅行的坏处，我还没能准备好任何事，所以一切都充满未知。

然而当早上 10：00，我终于躺在公寓舒适的床上时，看着窗外的大海，我突然有了决定。

——我要跳伞。

在芭堤雅的第二天，飞机上认识的情侣邀请我一起去吃海鲜——他们早上看日出的时候认识了另一对四川情侣，四川情侣常住在芭堤雅。于是大家约好先去海鲜市场买海鲜，再去四川情侣的公寓里做。

那一整天，我们过得很悠闲。我们提着大袋大袋的虾蟹，开着摩托到了山顶上的公寓。傍晚的时候，大家带着野餐布，提着水果、蒸好的虾蟹还有超市买来的调料一起下楼。在和隔壁私人沙滩的俄罗斯门卫交涉过后，我们一行人大大咧咧地把野餐布铺在海边坐下，没有三分钟就跑去玩水了。

吃到一半的时候，四川男生突然说今天是他的生日——我们惊奇之下，纷纷拿起螃蟹腿"干杯"。那夜的海风真舒服呀，清清凉凉地吹在小腿上，没有人说话，我们只是静静地看着海，看了很久很久。

回程的时候，我告诉自己——什么都可以忘了，但是要记得，在这个海边，我曾可以尽情地浪费时光。

回程后的很长一段日子，我都有些眷念那几个在芭堤雅懒懒散散度过的白日，我趿拉着拖鞋去超市买菜，和司机为了100泰铢讨价还价，星期五的晚上，穿越大半个城市去看一场泰拳比赛，自由又愉悦。

原来有时候，逃离也是一种自愈的选择。

有人看了我旅程中发的朋友圈，总归是好奇结果："最后你跳伞成功了吗？"然而大家都知道我跳伞多么不顺利，一而再再而三地被店家放了鸽子，最后即使我心存执念，改签多留了一天，还是没有成功。

旅程中唯一的遗憾便来自这里——我仍旧没能如我所期盼的，从四千米的高空跳下，克服那个陈旧脆弱的自己。

可是我又像是克服了，因为我的心早已冲上云霄，迫不及待要和新的灵魂相遇。

我从前很喜欢一句话："要看到真相，而不是幻象。"这一生蒙蔽双目的事物太多了，所以我常常害怕，我一直身处幻境，甚至未曾触碰过真实世界的边缘。

　　可谁说幻境就不重要呢？在我们恐惧生活的那个瞬间，幻境能够给予多大的勇气——只有我们自己最清楚。

　　是啊，即便最后没能跳伞，我仍旧知晓了从飞机上跃下的那一瞬间，我会明白的那个道理。

　　"这世间真假，皆我所求。"

又又:

本 APP 推荐达人又来啦！！今天要推荐的 APP 是我用过最喜欢的计步 APP 了，但它并不只是单纯地计算你每天走了多少步，而是巧妙地将你放在了世界地图里——你只需要选择一个起点，然后根据你每天的步数前进，那么总有一天，你就会走遍全世界！

我选择的起点是"南极洲"，每当我前进的步数达到了地图上显示的 100%（取决于和下一站的距离），我就可以抵达下一个站，这过程中还会有关于这个站的地理问答题，（都非常容易！也学到了知识！）到站后，这个 APP 也会给你介绍这个站的相关资讯。而当你到达需要签证的地方，也可以给你办一个虚拟的签证，真实感满满！

再有一点就是——这个 APP 的画风真的太美太温柔了，如果你在一天的不同时间段里进入 APP，界面也会有所不同，例如"午安，你与阳光同在"等。还可以解锁很多城市壁纸，参与这个 APP 和一些电影合作的挑战任务，很适合高步数达人！

即便你坐在教室、办公室里，也可以用这个 APP 去外面的世界看看。

岁月是一场有去无回的旅行

○ 文 / 夏沅

2017 年年初，我们一行人去了斯里兰卡。飞机从曼谷转机，快抵达科伦坡时突遇气流，我从睡梦中惊醒，颠簸中下意识地去检查安全带。耳机里的音乐被飞机广播截断，我在一大串英语中，努力地辨识出零星几个熟悉的单词，以此来确认我们是否还算安全。

颠簸持续了近十分钟，飞机缓缓平稳下来。在那近十分钟的颠簸里，我突然想起了很多很久远的过去，那堂玩狼人杀被抓包的英语早自习，那个为了准时说一句生日快乐熬的夜，那通站在天台不舍却不得不挂断的电话，和无数个茫然无措的时刻。

飞机落地已是凌晨三点，我们拖着一身疲惫走出机场，一阵热浪扑面而来，斯里兰卡四季如春，温度直逼三十度。

来机场接我们的是斯里兰卡一个很有经验的司机，名叫Kapi，他将早已准备好的用鲜花编织的花环戴在我们脖子上，然后用稍显蹩脚的中文说：你好，欢迎来到斯里兰卡。

你好，我仿佛听见远方的自己说。

当晚我们暂住在一间民宿，因为已是凌晨，草草洗漱后就沉沉睡了过去。

夜宿的地方大概在寺庙附近，因为熟睡中不断有钟声和诵经的声音传入梦境，这些声音虽然扰了睡眠，冥冥中却让人感到心安。

第二天一早，我们启程，正式开始了斯里兰卡之旅。

我们前往的第一个目的地是海边。印度洋上的海风像一双温柔的手，轻轻抚在我们脸颊上，我突然明白了为什么会有那么多的人喜欢大海。

因为你对生活的怨怼，你对命运的质问，在广袤无际的大海面前，都不过是旁枝末节的琐碎。

我们这一生，谁都不会过得太容易，但请你心地善良，请你勇敢无畏。

我们到佛牙寺的时候，已是傍晚。Kapi 在入口的小摊前买了四顶莲花，佛牙寺有一个著名的传统：捧莲花。

那天风很大，我小心翼翼捧在手心的莲花，风一吹，便刮散了一半。所幸后来 Kapi 帮我从小贩手里又拿来半颗，组在了一起。

大概是一种执念，我喜欢一切 blingbling（闪闪）发光的东西，也喜欢许愿祈福的圣地。

那天我们沿着护寺河往前走，穿过佛殿、鼓殿、长厅、诵经厅、大宝库进入内殿，内殿里供着一尊巨大的坐佛。我小心翼翼地把莲花放在桌案，然后十指相扣。

年少时的许愿总是空大，祝你扬鞭策马，看尽天下桃花。而后来，倘若有什么心愿真能达成，那么只愿你身体健康，万事顺意。

去霍顿平原那天，我们凌晨四点就起床做出发前的准备。车子绕着崎岖的环形山路缓慢上行，我穿着一身大红色长裙缩在后座，在浅睡和冻醒间反反复复。

几个小时后，车子终于驶入目的地，我的大红色长裙在几近零下的气温中显得格外单薄。Kapi 建议我们加上一件外套，我斟酌了好久，索性一咬牙打开行李箱，拿出了我的……羽绒服。

长裙被羽绒服包裹，枣红色披肩围在脖间被用作围巾，就这样，Kapi 将我们送进了入口，嘱咐我们注意安全，丝毫没有想陪我们进去的意向。而几个小时后，当我站在霍顿平原的丛林里，羽绒服被雨水淋湿，裙子尾摆沾满泥泞，我恍惚想起 Kapi 在门口时嘴角若有似无的笑意。

——他当然不会同我们进来，因为霍顿平原要徒步四个小时才走得出去！

后来我们途经一汪瀑布，远远看过去飞流直下。我站在瀑布前，突然就有些伤感。耳边回响起手机里曾单曲循环的那一首歌：

又回到这个尽头 / 我也想往前走

只是越看见海阔天空／越遗憾没有你分享我的感动

你曾在哪一个时刻觉得身边本该站着喜欢的人？

大概是你走过大街小巷觅得一处美食，你穿越人山人海渴望一个拥抱，你驻足每一个霓虹闪烁的天桥，你途经每一座看得到万家灯火的城市，那时你总会想，倘若你在我身边，该有多好。

这才是旅行的意义。

而你离开我，就是旅行的意义。

霍顿平原有一个非常著名的景点，叫作：世界尽头。

我们抵达时，景点已经聚满了来来往往的各国游客。世界尽头烟雾缭绕，脚下仿佛万丈深渊。

同行的姑娘笑着问：为什么要叫世界尽头？

大家开玩笑：跳下去，不就是世界尽头了？

你看，我也曾到过世界尽头，然后毫不犹豫回了头。

那天四个小时的徒步，Kapi 告诉我们，运气好的话大概可以看到鹿。而一路走来，别说是鹿，鸟我都只见到过一只。

后来 Kapi 在出口接我们，我略带遗憾地告诉他——

We only saw one bird……

Kapi 大笑，却指了指门外，我们不知其意，走出去却发现，我们车子旁边，竟然真的站着一只鹿！

因为下过雨的缘故，那只鹿浑身湿淋淋的，眼睛却很干净。

我们隔着薄雾四目相对，它身后光秃秃的山坡虚化成一片幻影。

我想我明白为什么有些事情永远无法成为过去。

因为过得去的早就过去了，过不去的，这一生也不会过去。

我们在除夕的前一天离开尼甘布。准备去往科伦坡回国的路上，大家提议，不如刻一个文身留作纪念。叉妹怂恿我：反正你也有一个啦，再文一个也没有什么关系嘛。

好多人都问过，我右手手腕的文身，是不是有什么意义？

有。

我在2014年的冬至文了这五只鸟，以此来警醒自己，今天过后，你要同过往告别，你不准回头。

因为曾有过孤立无援的暗淡时光，所以才会在余生为自己备下无尽的勇气和光亮。

离开科伦坡的那天，车子还未开到机场，我就已经开始怀念，怀念大象孤儿院里昂贵却难以下咽的汉堡，怀念狮子岩山下200卢比一瓶的冰镇可乐，怀念在路上吃过的甜到心里的热带水果，怀念在尼甘布就餐后被一场大雨困住的傍晚。

岁月是一场有去无回的旅程。

好的坏的，都是风景。

| 世界尽头

"这大概也是旅行的意义"

夏沅：

写互动的时候我和叉妹说，这一期我要介绍去斯里兰卡时最喜欢的一个景点。叉妹顿了一下，假装不经意地提醒我："你还记得你在斯里兰卡从树上翻下来的事吗，好好笑哦！"我："就你话多！"

"世界尽头"是一个近千米高的悬崖，也是霍顿平原里非常有名的一个景点。我们因为出发得早，徒步到世界尽头的时候天刚蒙蒙亮。站在悬崖顶向远方眺望，整个霍顿平原重峦叠嶂、云雾缭绕。有同行的朋友问："为什么叫'世界尽头'？"我们指着悬崖下面开玩笑："跳下去，就到尽头了。"

我们在斯里兰卡时去了很多地方，现在回想起来，最喜欢的时刻一定有站在"世界尽头"的那一刻。

虽然会怀念过去，却也对明天有了更多的期待。

这大概也是旅行的意义。

大叻：如果一生只有三十岁

○文 / 叉叉

到达大叻时已经接近中午，小雨淅淅沥沥地贴在玻璃窗上，透过水珠看过去，这座色彩斑斓的小城忽然变得灰蒙蒙的，像一个色泽饱满的 LOMO 镜头突然间功能紊乱。我兴致索然地合上窗帘，看大巴路过春香湖，慢慢停在路边。

越南一行，说最期待的便是大叻也不为过。早在来越南之前，我做着旅游规划之时，就无法抑制地被这个法式山城吸引了视线。在那些游记里，大叻总是色彩艳丽的，它那样特别，拘于统一对这座城市而言是种痛苦。

我爱这种特别。

待到终于定下住宿已是午后，我和朋友匆匆搭上的士，向著名的疯房子出发。

疯房子是大叻最有名的建筑，可它完全没有章法和规则可寻，从外表来看，它宛若一棵盘根复杂的大树，房间便隐在这棵大树里，陡峭的阶梯蜿蜒着延伸至更加奇妙的角落。如果你住在这座疯房子里，闲时既可站在阶梯上俯瞰整个大叻，又可躺在透明的玻璃顶窗下，数着繁星入眠。

我和朋友讨论起这座疯房子的设计者 Nga，她是越南前总统的女儿，人生颇具戏剧性。在许多照片中，她都身着传统服饰奥黛，钟情于 60 年代的打扮，然而在大多人对她的认知仍旧停留在"美丽的总统女儿"时，留学归来的 Nga 却忽然申请拆掉一座房子，坚持创作了这座大叻的传奇。

她不仅仅是一个美丽的女人，她还为此刻身在疯房子空留赞叹的我们创造了一个太过奇妙的梦境，是之后的我每每午夜梦回，都要心生向往的。

后来的我总会想起，那天天有些阴，我站在疯房子顶上俯瞰这座彩色的城市，忽然心生不甘。

真是一座鲜艳的城市呀，任雨淅淅沥沥，仍旧明媚得叫人艳羡。

这样美丽，终究不属于我。

从疯房子离开过后，我和朋友出发去大叻的老式火车站。

大叻的老式火车站仍旧在投入使用，复古的火车车厢也早已成为大叻一景，因此除了我们这些兴致勃勃的旅客，候车厅里还零零落落坐着等待下一班车的当地人。

法国的殖民史造就了这些带着伤口的美丽，橘红色的主调、尖屋顶、彩色的玻璃……颇具法式风情的设计。大部分旅客会选择一条观光路线，坐着老旧的小火车去往一个未知的小镇，像是电影里的情节。

我们到得太晚，已经错过了末班车，售票窗里的女人冲我们歉意地笑了笑，示意我们可以去参观一下车厢。

大叻火车站的这辆小火车，和法国电影里的那些复古车厢几乎没有区别。我站在车厢内探出身子，看见朋友站在月台上冲我挥手，窗帘随风飘出车厢的窗口，我坐回红木长椅上，忽然生出一种即将要逃离的错觉。

这个浪漫的法式山城，到底会发生多少故事？坐在这节车厢里的人，在大叻度过了怎样的昨天，又会度过怎样的明天。

我这样想着，不愿从火车上下来，心里却很清楚，我始终要下去的。

我会离开大叻，这个念头，却忽然让我有些惆怅。

我痴迷自由与热烈的东西，可我却忘了这座城是会下雨的。先前明朗的骄阳和淅沥的小雨迷惑了我们，因此此刻被大雨困在火车站的我们，忽然有些不知所措。

焦躁显然毫无作用，我们只好在候车厅找了一个位置坐下，期盼一会儿雨会小一些，不至于让我们在这浪费一个下午的时间。

等候的时间总是格外漫长，我百无聊赖，开始观察起候车厅的人们。

坐在我对面的男孩捧着一本书小声地读着，读到一页的末尾时，他总是要确定一下页码，再翻下一页。在他的旁边坐着一个俄罗斯女人，她与他搭话，显然他不懂俄罗斯语，一时间两人都有些困惑。

后一排的角落里，坐着一个上了年纪的英国老太太。她有些不苟言笑的样子，头上戴着一顶夸张的大礼帽——在我看来是十分糟糕的打扮。我想起《哈利·波特》中纳威祖母那顶有着老鹰标本的帽子，忽然有些想笑。

有人离开了位置，有人又坐下来，大厅里的钟表不知不觉走过三十分钟，我重新沉入这宁静中，不再算计着时间。

我想起那些枯燥漫长的法国电影——朵爷从前说她喜欢看的那些，她说她喜欢看法国人在电影里发几个小时的呆，或者其他乏味无聊的生活。

我从前不理解，现在却忽然明白了。我坐在候车厅里，觉得自己像某部法国电影里的小配角，坐在老旧火车站的长椅上，静静听着雨滴。

郑渊洁写的《皮皮鲁和活车》里，有一段我至今还记得的对白，很衬这个看起来无趣却又意外宁静的时刻：

"其他人一般都做什么？"

"活着。"

"那我们也活着。"

离开火车站时已是傍晚，我和朋友吃过晚饭从餐厅出来，准备靠着手上的地图走回旅馆。

大叻的夜晚分外宁静，中途又下起了小雨，我们只好拿着模糊了字迹的地图和过路人艰难地辨认。

还记得卖越南小食的小哥指错了地方，我们绕过半个山城，在夜幕下的高中门前躲雨；记得我们又爬上斜坡，我站在服装店门口小心翼翼地询问去路，柜台前写作业的小女孩叫来她的妈妈，用蹩脚的英语为我们解释了很久；最后再度下起了大雨，被我们拦下的情侣站在摩托车旁和我们一起淋着雨，打电话给我们的宾馆问地址，想要冒着大雨送这两个陌生人回去。

我们几乎将这座城走遍，在雨里亦步亦趋，我走在陡峭的路上，透过那些高高矮矮的彩色房子想象着他们的生活，那些林立的商店好像都不在意生计，他们都温柔地生活着。

我想起从前和同学聊天，他说想要在大理安居，过闲散人的生活。那时的我总是笑他，人为何要这样无趣地活着？我偏要过得轰轰烈烈，要去永远都不歇息的地方，这才值得。

然而那个晚上，那个下着雨的大叻的夜晚，我忽然想要留在这里。

因为当我望向那些彩色房子的窗口时，我仿佛能感受到那些我曾拼命想要追求过的东西。

听过一首歌：《如果一生只有三十岁》。

朋友说这歌名未免太消极，实际上这首歌的旋律却轻松无比，歌手在词里唱："如果一生只有三十岁，我会每天拼命喝汽水。"

如果一生只有三十岁，他选择的是拼命去做想做而不能做的事，而当我听到这首歌，我第一个想起的却是——那个可能这一生，我都不会再去的大叻。

离别的时候那样普通无趣，却始终耿耿于怀的那座城。

如果一生只有三十岁，我想要倾尽积蓄在大叻买一栋小房子，刷我最喜欢的颜色。

不知明日是否会下雨，如果会，那么请下在我色彩斑斓的屋顶。

Hello talk|
学习才是正经事儿

叉叉：

　　学语言的朋友可能都会像我一样面临着同一个问题，无论是英语，还是其他小语种，学到后来总是会变成"哑巴语言"，也就是没法真正做到能够和外国人交流。最近我就很头痛，读和写都已经没有问题，大篇的外语文章也能够看懂九成，然而，一到听力题目，我就蒙了，更别说和外国人交流了……

　　归根结底，我太害怕出错了，比起现在在学的日语，我第一时间仍旧是想用英语回答，毕竟学了多年英语，早已变成一种条件反射，旅行的时候也能很大胆地去和别人交流。

于是，同学推荐给我这个 APP，上面有许多在学小语种的伙伴，可以直接和他们交流！假设你在注册时选择好自己的母语"中文"，学习的语言"英语""日语"，那么，系统就会自动给你的首页匹配正在学习中文的、以英语或日语为母语的外国人，你们可以给彼此发表的动态纠错，还能直接通过 APP 的翻译功能翻译不懂的句子，也可以在私聊里进行语音或者文字的交流，交到一起学语言的朋友！

　　朋友们，学习才是正经事儿！

我喜欢的岁月是沉默的

○文 / 朵爷

1

七月份过到一半的时候，公司的小暑假也放完了。

很多人都远行回来。

上班第一天，朋友圈里依然在更新流连忘返的风景照，大家似乎还沉浸在过去十来天的惬意里。

讲起来我已经有快两年没有出去了。

上一次去旅游还是在二○一五年，那时候我刚回公司，做着人生中很多新的决定。再次回来，似乎什么都没有变化。我身边的还是那些人，连上班座位都没有更换。

冥冥之中，却还是感觉得到，这一切和过去的七年都不太一样。

大抵是，时至今日的我，和过去的我比起来，更知道自己可以放弃什么。

那次应该也是六七月吧。要知道，长沙每年的夏天热得像个大火炉，新来的外地同事每天一脸菜色，在办公室咆哮，啊啊这简直是要死人的节奏。

我们几个在群里聊天儿，讨论去哪里。

大家七嘴八舌，每个人要去的地方不一样，眼看着又像前一年各自做自己的行程。

不知道谁突然说了一句。

"一起吧，也许，这就是我们最后一次一起了。"

②

想起一件特别丢人的事，我们那次一起去了泰国。

凌晨，我们抵达了曼谷机场，在和接机的人断断续续地用英文交流中入住了酒店。

那一晚的曼谷温度很高，正好我入住的房间空调坏了。我趿着拖鞋从四楼跑到一楼找前台换房间。

结果，我搜遍了自己的词库，也没有找到"空调"的英文单词！

好死不死，那个酒店网络也不是很好，我只好紧张兮兮地抓着旁边的朋友：快！快告诉我怎么说！

我朋友面露难色地回复我：air……machine？

我：你不是说自己英语很好吗！

他：我毕业都二十年了！

我：……

　　旁边有几个外国友人在排队等入住……我、我、我！不能丢国人的脸！

　　于是，我支支吾吾、绞尽脑汁地避开了空调这个关键名词，告诉了工作人员我的房间很热，在他打算继续询问之前，我死死地抓着他拖上了四楼现场……成功地更换了房间。

　　啊，好险，差点就颜面扫地了。

　　次日，我难得很早就起来了。清晨六点钟，站在阳台上看着初升的太阳。

　　温和又明亮，异国小城矮矮的居民楼像镀了一层薄薄的金光。我用手机拍了几张照片。很多东西都在那一刻烟消云散。

　　之后，我素面朝天地下楼，独自出去买早餐。在 7-11 外面的老奶奶那里给大家带了煮玉米。

　　回来的时候，我环顾两边郁郁葱葱的树叶，吹着迎面而来的轻风，整个人轻松自在。

　　我走得慢慢悠悠。希望这条狭长的道路，怎么也走不完才好。

　　其实人是很有私心的动物。

　　一生长居的地方，有很多事情都在那里发生，又在那里结束。

　　这个地方是每个人心安理得的庇护所。

但很多时候，我们又想迫不及待地离开它。

因为，只需要离开那个地方，拥有片刻的新鲜宁静。

就仿佛一切都已经重新来过。

3

那一年的很多细节我都记得，清迈马路上的猫，酒店外两边的树枝，一辆别家庭院里的废弃黄色小汽车。很多很多，简直要超乎我持久记忆的能力。

我也不知道为什么它们会这样历历在目，大概是我在那一年突然意识到了，这个世界上的大多事情都不是永恒发生的。

它们都在不经意间，会和你的人生告一段落。

月初南方连续暴雨引发洪涝，一时之间所有人人心惶惶。城市里的人被困在大楼里、马路上，而在偏远村庄里的人可能面临性命危机。

那几日，严重的地方断水断电，我们好些人彻底与家人失联。我平常几乎不说话的高中同学群，每一分钟都在更新信息。

那一刻你才知道，生活的小失落，工作的不得意，一切都不重要了。

看来今年又是一个多事之秋。只不过仔细想来，哪一年不是呢。

大概吧，细碎的日光只有出现在重重阴霾之后，才更让人觉得，这平凡的一生到底也是值得珍重的。

我回想起了十九年前。

算起来你们可能都还没出生，许多人离南方也很远很远。所以，应该鲜少有人听过一九九八年的那场南方大水。

那一年我也很小，小到丝毫不觉得惊慌。依稀记得家门口浑浊的河水蔓延到楼上，我和一个彼时的好朋友不知道因为什么事在二楼不依不饶地争吵。

打打闹闹间，她还不小心扯破了我最喜欢的裙子。

洪水如猛兽般汹涌而来。

又像全军覆没般无声无息地退去。

第二日，我和那位朋友又毫无嫌隙地玩在一起，而挂在阳台的裙子却被冲走了。

那一场灾难，我不知道世界有多少失去。

但是对于尚小的我来说，那条裙子，足以让我悲伤地过完整个假期。

我妈常年住在外地，她在洪灾过后也赶回了老家。

前几日，她给我发了视频，说小时候我读书路过的那座桥已经断了，应该会修建一座新的桥；派来的挖土机已填平了老房子前坍塌的马路；还收到了不少柴米油盐的慰问。

她倒是轻轻松松地跟我聊着，说一切都好。

然后，她又跟我说，只是，你年初种的两棵枇杷树，已经没有了。

我答她，哦。

晚上翻旧照片的时候，翻到了去年回老家，站在那座小桥上嘻嘻哈哈摆POSE（姿势）的照片。我把它挂在了朋友圈，就当作是怀念吧。

假期的倒数几天，我约叉妹吃饭喝咖啡，快九点多的时候我们在商场外面散步，看有乐队在唱歌。

碰巧唱到朴树的《平凡之路》，我和叉妹说，我有一阵子，听到这首歌总是很难过。

她问我为什么。

我哈哈笑，就是自己很不顺的那几年会有这样的感觉。

她又问，那现在呢？

我还是笑，现在当然不会了，我是大人了！

说起来这是我二字开头的最后一年。

这个年岁最显著的特征，就是不再为小事难过这么久了。也就没有那么容易去因为什么而动情。

此刻的我喜欢的岁月是沉默的，什么也不发生的。每一天都温和地到来，又温和地失去。

那些轰轰烈烈是彻底离我远去了。

但新的东西也恰如其分地到来。

④

丐胖在 QQ 上和我说，订了去新疆的机票。啊，羡慕，这是我们都念叨很久的目的地，却总是这样那样又凑不到一起走。

我在网上看西班牙的攻略，又好想去北欧看极光，发了一些照片在群里，明年暑假大家再一起出去吧。

大家欢呼雀跃地喊着说"好啊好啊""那要开始存钱啦"……

突然地就想起那一晚，我们在曼谷街头，七八个人挤坐着四面来风的突突车去商场。

夜晚的风，街头的霓虹光，叽里呱啦的聊天儿，都穿过了时光，来到这个难挨的七月。

哗地，感觉一切又云开雾散起来。

写东西的人都有这个毛病吧，会努力把事情往好的方面引。

一方面不希望自己负面的情绪给人带来不好的影响，另一方面也是一种自我救赎。

但再好的鸡汤文，也不具备把人从泥坑里拉出来的力量。

前阵子有一个读者在微博问我，生活中遇到了很绝望的事情怎么办。

我跟她说，其实都没有答案，所有的苦楚，只有自己一步一步踩着疼痛走出来，才算真正走出来。

月亮和星光就在那里，只有努力抬头仰望的人才看得见。

近几年，身边的朋友们把不好的事情归于"水逆"。

身体不好，工作不顺，面临分手……都是"水逆"的错。

我……不太明白这个词汇的意义，也知道大家只是给坏运气一个借口。

这拼拼凑凑的盛夏之月，所有好的坏的东西，大概都是一场天降大任的命运吧。

有时候我觉得，每一个人就像丛林里的一棵树，从破土而出开始，到摇摇摆摆地生存，每一次风吹雨打，都是一次不好的经历。

但这些都不过是浩瀚宇宙里细小生命的本质。

毕竟，大多数人平凡的一生所期待的，是血肉之躯能穿过这重重荆棘，让灵魂再见光明。

人生如逆旅，我亦是行人。

独木舟公众号 |

"每日所经历的不平凡"

朵爷:

那天晚上打开了舟哥的微信推送，内容是那篇《一切又回到眼前》，写她回了长沙，和之前到了柬埔寨的一些事。

原本也没想推荐舟舟的订阅号，感觉私心太重。可转念一想，又有何不可呢？

我知道很多人都和我一样，因为工作、偶尔觉得有趣的东西，或者打折信息，关注了许多不同的公众号，但这些东西一般就只是在当下打开过一次，时间一久，你根本就忘了它的存在，连要删了它都不记得了。

但舟舟的内容我是每篇都会看的，早些年她还做一些话题的时候也会叫我参加一下，后来我又重新做《花火》，经常在半夜

看了她的新内容之后，就会给她发消息：啊，快把这一篇给我放专栏！太喜欢了！

她（假装质问）：×××那篇不喜欢吗？为什么！

我：……

她平日里的推送其实大多是她自己的生活，买了花，做了菜，睡了一整天……这种细细碎碎的东西。但不知道为什么，我觉得，即便是这么无趣的事，被她写出来，都很有看头啊。跟着她过了一天又一天，也重新审视起自己每日所经历的索然无味的小事情，似乎也变得有一些不平凡的意义。

"你想要在漫长的一生中上下求索自己活着的意义，但那时你不知道这过程中潜埋着虚无。"很久没有上舟舟的专栏，你们可以去这里读一读她。

解暑消困神饮 |
—— 夏日冷萃

 朵爷：

　　夏天到了，办公室开始了五花八门的解暑大法。因为我组的位置被公司中央空调完美地屏蔽，夏沉已经自装了立体环绕式空调（就是在八个方位各架一台风扇的意思），叉叉整个夏天没有穿过一条像样的长裤，而王小明已经恨不得打赤脚来上班了。

　　在这样的状况下，只有张美丽，心无杂念地盖着毛毯睡觉——真的让人佩服。

随之而来的是，困意也越发浓烈，大家开始在办公室自制解暑消困神饮——冷萃咖啡。

其实，它的制作非常简单，而且比奶茶什么的更省钱，请大家做好笔记：

1. 购买制作冷萃的意式咖啡粉包。大袋装的，搞活动的时候一小包只要两三块钱。

2. 将冷萃包放入水杯，注入水，与牛奶一起放入冰箱十二个小时左右。

3. 十二个小时之后，将冰牛奶（适量）倒入咖啡中，就是一杯优秀的冷萃拿铁啦！

4. 也有朋友（叉某）是先把牛奶在冷藏前就和水一起萃取，感觉奶味渗入得更彻底呢！

5. 还有一位朋友（锅某）会在冷藏的咖啡里加入两块钱的冰激凌，据说像冰卡布基诺一样！

那么，问题来了，你们一定想知道（并没有），优秀的咖啡研究者（呸）本人，大多时候 pick 哪一种做法呢？

呵呵，朋友，我本人，即使此刻站在四十摄氏度的高温下，也只喝热咖啡（倔强）。

老城的少年时代

○文 / 叉叉

大年二十九那天晚上，我在回程的火车上。

年前和朋友们一起飞去了斯里兰卡，想在春节前尽情玩一次，然而七天的假期换来的是无比艰辛的回程。我们凌晨一点从科伦坡出发，次日早晨抵达曼谷，下午到广州后又一直挨到晚上，这才坐上了回家过年的火车。

因此上车的时候，我们都已是疲惫至极，朋友趴在桌子上倒头就睡，完全忘记我们之前准备的十几部电影，她说她现在什么都不想看，只想回家。

回家。

我原本想要笑她突然的感性，却无人回应，只剩下我一人意外地清醒。

我随着颠簸看向窗外，隆冬的灯火影影绰绰，车窗都带着寒意。

它会一路行驶，经过静谧的田野，穿过乌黑的隧道，它会路过山川湖泊，越过重重雾霭，将我带回我的家乡。

家乡。

我闭上眼睛，忽然变成了无法嘲笑朋友的立场。

我的家乡是湖南的一个小城，早年因为开发工业的缘故，致富了一批人，也搞垮了盘旋在我们头顶上的空气质量。于是"湛蓝的天空"向来只存在于作文里，我们在这个灰扑扑的城市出生、成长，最后离开。

于我而言，这里着实是个痛苦的地方，回到这座城的我总会生病，像骤然去了一个陌生的地方时会水土不服那样，熟悉的医生看到我总会笑："这次回来多久啊？好知道打几天针。"

方言也是一道无法解释的谜题，太多回我从摩托车上跳下来，用字正腔圆的普通话对司机说："你别想宰我！我是本地人！"只是毫无说服力。

从前有过许多次短暂离开的经历——旅游，后来我总是会反复地梦见离开这座城的那天，盛夏里烈日炎炎，我背着行囊，总是有一种再也不会回来的错觉。

我知道我终会回来，因为我的家在这儿，年幼的我无法远行，却总幻想着头也不回地离开。

"我们一定会离开这座城。"那时候的我，和许多人这样许誓，我们都相信离开了这里就能走向更光明的前路，就会有更多的可能。

因此我对这座城极少怀念，即使多年过后，我长居的长沙离这座城也不过三小时的车程，我却仍旧将回家的频率控制得很好，眼看就要低于天南地北的远房亲戚回家的次数了。

"家乡"——即便配上最煽情的背景音乐，对我而言也只是一个冰凉普通的词。

①

从我家往外走出几百米，有一个超市，我在这儿多少年，它就在这儿多少年。

最开始的时候，这个超市叫作"家家乐"，虽然这里没有任何站牌也没别的标识，但是每个公交车司机在经过这里时，都会习惯性地叫上一句"家家乐有没有人下"。从孩提时代爸妈总让我去"家家乐"买点酱油，到后来上了初中和同学约好周末在"家家乐"门口见……这里俨然成了一个地标。

高中的某一年，这个超市忽然改了名叫"都得利"，似乎是加入了什么连锁品牌吧。当我匆忙喊着"家家乐有人下"下了公交车之后，眼前的超市名字却已经变了。我不由得想到，那些还未记事的小孩儿，长大后兴许就叫这里"都得利"了吧。

我改不了口，或许是习惯了，又或许是不愿意，我们都固执地叫着这里"家家乐"，后来在这个超市门口，又发生了好多的故事。那时候的我总是迟到，总是赖床，于是总有人在这里等我。我们都没有手机，所以每回错过闹铃，我都会胆战心惊地往家家乐门口狂奔。我总以为那个人在看到我的那刻会生气——却是从来没有的。

奇怪的是除了我们之外，大人们也未曾改口叫过它"都得利"，不管"都得利"的招牌又往后挂了多少年，他们也总是叫它"家家乐"

的。这好像成了我们心照不宣的一个约定，我们害怕有一天大家会将"家家乐"忘记，所以想用我们的方式努力记住。我们还猜他们也怕的，只是他们是大人了，说出来会显得有些脆弱。

于是年岁过去，家家乐始终是家家乐，却也不是家家乐。今年回来的时候，我和朋友走过超市门口，看见"都得利超市"又变成了"麦点超市"，朋友告诉我，已经改了很久了。

好像又过去很多年了，我看着那个"麦点超市"的招牌，想起从前大家约在"家家乐"门口见面的时光，这座城好像也变了很多，走在街头的女孩子和年少的我们一点都不像。

我们也会把这里忘掉的，总有一天。

朋友和我说这个小县城前几年开始认真规划，竖了崭新的公交站牌，"家家乐"真的成了一个站点了。我随她的手指望去，赫然看见公交站牌上写着"家家乐"，忽然有些想笑。

这真是一个一点都不规范的站牌，定站名的人和我们一样，丝毫不在意这里是叫"都得利超市"还是"麦点超市"，日历往后撕了好多页，它还是叫"家家乐"，不管它是不是了。

我们会忘掉的，但是现在，我们还是想要记得。

2

这座小城有一座山，如果发起一个全市中小学参与的投票的话，几乎可以被票选为"去到想吐的春秋游地点"前三名。

即便如此，我们也没有太多的去处可选，因此周末的聚集地常常选在了这里。我们一行人浩浩荡荡爬上山顶，攀上盘旋的楼梯，楼阁最顶端，可以俯瞰这座小城的全貌。

楼阁的柱子上总是会刻满歪七扭八的句子，有"×××到此一游"，也有"×××爱×××一辈子"，同行的人里也有人想刻，我们摆手说得了吧，十年之后谁记得你刻的名字是谁呢，连一起登顶的人都会忘了。

我们那时候总是不忌讳说其他人不爱说的词，比如"离开"，比如"忘记"，比如"老死不相往来"。年轻的时候都没有什么责任感，这些词都不足以成为负担。只有多年后，这些词才会忽然浮出记忆的水面，来验证那个叫作"一语成谶"的、沉甸甸的词语。

那时的我们是管不了那么多的，总爱许誓，每一个都轰轰烈烈。还记得有人想在这里向喜欢的女生表白，给我们这些围观群众发了一大把糖，说帮忙帮忙。我们不知道怎么帮忙，但是能看热闹，男生在三分钟后被拒绝，大家都一哄而散，独留我有些为他难堪。

他却不在意的样子，只是看我还站在那里，又从口袋里抓了糖给我，说：社长，吃糖吃糖。

我这才记起，他是我一时兴起办起的文学社里的一员，文学社里男生原本就不多，他是其中一个稀有存在。和其他人的随意不同，他还曾将自己写的长稿打印出来，装订好给我看。

那样慎重，犹如今日的告白。

他看我不说话，只将糖放在我手心里就走开了，我抓着那把糖，不知那就是我们的未来。

我后来写，我不爱吃糖，却爱小心翼翼的年少。

那也是"一语成谶"，那是我们的"一语成谶"。

后来我又来过这座山上很多次，和不同的人，我们照旧爬上顶，对着一个突然爆掉的塑料袋多愁善感，笑偷偷在柱子背后牵了手的情侣，还对着这座城最高的烟囱大喊：还我蓝天！共创美好家园！——特别特别蠢。

我从来没在这座城市看过一次夜空，挂满星辰的夜空只会出现在地理杂志的高清插图里，起码在这座城市，星星都有些吝啬。我猜它们大概都被浓烟掩盖，没有一丝光亮的空隙，即便我想要对着星星许愿，也是无路可循。

我想要看一次夜空。

3

最常走的路，大概是沿江的那条长路，天气好的时候我们会一直走下楼梯，直至江边的码头。

和大部分南部小城一样，这座城也有一泓江水，几座桥梁，我们总是在这里游荡。

有时候是江边的溜冰场，大家第一次学滑冰时跌跌撞撞，或者谁和谁第一次牵手都是在这里；桥边盘旋的长梯，分手的情侣在这里演足了催泪的偶像剧；江边的吊椅，冬天坐着真冷，但是不会像夏天那样多的观众和扰人的闷热。

我最钟情的是码头，可能都称不上是一个像样的"码头"的地方，当江水涨潮时，江水会淹过我最爱坐的那节阶梯，很长时间都无法消退。

我甚至没有真正搭过一艘在这里停靠的船，也从未研究过它从哪儿来，将会去到哪里。我曾猜测它也不过只是行驶了两岸这样的距离，最远的那个终点，大概就是搭车20分钟能到的邻镇。

但我却总是在这里，和人约定要离开也是，独自幻想远走的结局也是。有关自由的梦总出没在清晨，梦里我们笑笑闹闹沿着江从天黑走到天亮，梦里我们在充满寒意的凌晨坐在码头上点燃篝火，穿着红裙跳舞，比玫瑰花还要艳丽。

我总觉得天亮我们就会离开，再不然，我们总会离开，可能是期末考试结束后，可能是十四岁生日后，也可能是十七岁，如果成年之前没有出逃成功，就仿佛是失败的。

然而天亮之后，我只会醒来。

我们也做和别人一样的事，丢石子儿比水花，放风筝，放纸船。我的手工一向笨拙，这条江淹没我太多愿望，后来我索性不放了。

一个人来也是常事，大多时候我捧着本子和笔，坐在我最爱的那节阶梯上，江水一阵阵漫过来，我在纸上涂涂画画，写不出一个完整的句子。

后来每年回家的时候，我也常来这里，江边建了新桥，这个桥显得陈旧又落寞。对岸的溜冰场好像关了，长梯也冷冷清清，还记得桥下那个KTV，我们初中毕业时老师将毕业晚会的地点选在了那里，最后有些丢脸的也是我。

有小孩跑来让我帮忙放风筝，不会放风筝的我慌张地跑了两步，风筝软塌塌地在地面上滑行。小孩毫不气馁地对我说，你再跑几步呀。我只好铆足了劲继续跑，一阵大风吹来，断了线的风筝瞬间去了江面上。

我站在原地，觉得自己像一个尴尬的大人。那个小孩看着风筝越来越远，对我重重地叹了一口气说，大人也不是什么都会啊。

抱歉啊，我也曾经想成为什么都会的大人。

4

离开这里后，每一次想起这座城，几乎都是因为外边的菜不合胃口。

家楼下的红汤牛肉粉，江边凌晨也灯火通明的夜宵铺子，在哪儿都吃不到这样味道的螺蛳，人民医院那条马路上的麻辣豆腐，学校门口要早起排队才能买到的饺子，还有总是要和老板要上两个塑料袋打包的"桂林卤粉"……后来我去了桂林，才发现和我吃过的桂林卤粉的味道完全不一样。

我所在的初中校规严格，其中有一条就是不准外带早餐，为了逃过每天早上校门口学生干部的检查，想吃粉的同学都会多要几个塑料袋打包好放在书包里，拼着演技把粉带进教室。当时我们教学楼旁边有一个后花园，靠近窗口的地方就是垃圾站，有回前座的男生忽然对我说："你看那棵树挂满了塑料袋，像不像开花了？"

我走到窗边看楼下的后花园，那棵靠着垃圾站的大树上挂满了系着塑料袋的包装盒，大概都是为了"毁尸灭迹"却没有准头的同学贡献的，上面的塑料袋有粉色，有蓝色，一般取决于学校门口的卤粉店老板今天喜欢给什么样的。

我表情凝重地想，难怪学校要禁止外带早餐。

还有一家我有段时间常去的馄饨店，据说老板娘是福建人，但是我有了早几年吃桂林卤粉的经验，知道这个馄饨也未必是正宗的福建味儿。不过这个馄饨店也很有故事，常常会有两个学校的学生在馄饨店门口的空地约好见面，我们看得津津有味。

有一回是 A 方上初中的妹妹和 B 方上小学的弟弟发生了冲突，B 方憋屈地看了眼 A 方健硕的身材，我们在角落里乐得配音："弟弟，快跑！"

反转的是 B 方上大学的哥哥路过的时候看到了，过来问了一下情况，A 方的表情变得很严肃，我们也很缺心眼儿地继续配："妹妹，快跑！"

人群忽然散去的时候我还没有反应过来，同伴捅了捅我的手肘，忽然整个人缩在了桌子底下。

"快跑快跑。"教导主任来吃馄饨了。

⑤

后来又过去了好长一段日子。

高三那年，我在长沙考完最后一场艺考，然后坐上了回家的列车。

那时候总感觉小城变得有些陌生，对于即将到来的离别，我显得有些漠然。

也写过煽情的句子，大长篇总是信手拈来，从初次见面的印象，到即将离别的不舍。"以后还要再见""永远都是朋友"……类似这样的句子写过不少，像是不需要经过思考似的源源不断。

我知道起码在那一刻，那些真挚都不是假的，但是我也知道，对于离别，我并没有太多伤心。我还记得幼时和同伴一起在家门口刻上的"×××和××永远都是好朋友"，前年回家的时候看到那面墙，字迹已脱了一半。

我忽然有些感伤，但是我知道那感伤我早已在多年前经历过一回，当时的我，分明已经和它告别过了。

正如这毕业时刻的告别一样，如果在这一刻我回想起来忽然有些感伤，也不过为延续离别时我过早收起的情绪。

我们都会长大，我只是走得有些快。

后来的我听过一首歌，歌里有人唱：拒绝成长到成长。每当听到这首歌，我就会不受控制地穿越回十多岁的晚上，我总是念叨着不要长大，总是许愿停留在这一岁，却又总是想要离开。十七岁时我在长沙吹灭我的生日蜡烛，心里默念，再见了我的青春。

我的青春，好像过早地结束了。

毕业之后的夏天，我和朋友走过这座城的每一个角落，重复着枯燥的游戏，昨天今天和明天，都点一样的菜单。

昨天今天和明天，都是一样的无趣。

清理行李的时候翻到了初中的笔记本，原来我曾经那样笃定会离开，后来又是遇到过怎样的伤心事，才会在日记本上写：这座城池，沉入大海，我不要了。

我竟羡慕起从前的自己，有说"我不要了"的勇气。

而那个从前的我，原来早已和这座城告别了。

临行前的某个晚上，朋友叫我出来散步，我们爬到一栋楼的天台上，坐在地上气喘吁吁。

他说要给我看这座城市最美的地方，在高处向我招手，我随他视线望去，只看见整座城灯火通明，路灯和车流连成一线，蜿蜒至更远的地方，这座城所有的烟火气息，正在前仆后继地向我袭来。

我也见过这样的灯火，也许过理想的豪言，我曾觉得自己拥有为了未来拼尽全力的勇气，只是直到那一刻，我才发现我从来没有真正离开过这座城。

这座老城也有过她的少年时代。

我还是会和她道别，和这座城，也和我的少年时代。我曾想要看一次夜空——我觉得我终于看过一次"夜空"。那些闪烁的、耀眼的、绚烂的情节，那些不愿想起的、受伤的、总会愈合的回忆，它们都会随着这夜的灯火一路往前，直到有一天我都忘记，抑或我如何都不愿忘记。

那么再见了，我的城。

朋友和我说，我的家乡是湖南的一个小城，那里的天总是灰沉沉的，沿江的那条路风景真好啊，我们可以沿着江从江头吃到江尾。楼下的米粉店，好久没吃到了；人民医院那条路上的麻辣豆腐，走的时候一定要多带点；等天气好了，我们骑着摩托去吃嗦螺吧。

绿皮火车吭哧吭哧地停在站台边，我捅了捅她的手肘。

喂，到家啦。

一张来自异国的明信片

叉叉：

　　初中的时候，我热衷写信，曾经和笔友书信交流好几年，后来网络越发发达，社交软件一秒就可以传达思念的快捷显然已经代替了笔墨，而明信片这样的交流方式更是被快速地淘汰了。

　　有一天，留学回来的朋友 A 和我说起她在英国时喜欢上的网站：postcrossing，意为国际明信片交换。在这个网站上注册账号之后，就可以抽取五个国家的地址，被抽到的人并不知情，你会得到一个 ID，写在你的明信片上，越过大洋到被抽中的人手里，而 TA 或许会收到自己简介里写的喜欢的明信片，又或许会收到带着浓重文化特色的图画，明信片上写着另一个国家的你传达过来的生活、问候与快乐。而当他们登记了你寄出的明信片时，就会有人开始抽到你的地址，而你只需忐忑又兴奋地等待，等待一张来自异国的陌生人的明信片。

卷三：冬雪初融

这长长的一生，
明明还没有开始。

来年岁月那么多

○ 文 / 夏沅

2018 年，是我入职的第四个年头。在这一千多个日子里，我每天都重复着：审稿、催稿、定稿、写文案、催封面、等书号、下厂印刷这些流程。

这种日复一日的，不尽相似却近乎相同的工作，导致我在很长的一段时间里，一度陷入到了一种深深的自我怀疑与自我否定中。

我觉得自己做得越来越不够、越来越不好。那种力不从心的焦虑和被无能为力围绕着的挫败，使我越来越不开心。

于是我决定，给自己放一个小长假。

走之前，我照惯例催林桑榆的稿子，并且表示，希望她可以按时把稿子交上来，因为接下来的一段时间，我不在公司。

她一边连声答应，一边问我：你干吗去？是要回家嫁人了吗？

……

你好好写稿子好吗！怎么总揭我伤疤！

其实每年回家，路过郑州时，我总要待上一两天，见一见大学好友，穿梭在郑州的夜幕里。

四年的朝夕相处，我们六个人从陌生人变成室友，从室友变成好友。直到现在，大家也总保持着每年至少见一次的频率。

彼时大家正讨论着回去聚一下，好友却私信我说：就当是给我送行吧，我准备回新疆了。

"你要回去？"

"你为什么要回去？"

"你在郑州待得不开心吗？"

"郑州有那么多好看（？）的男孩子！"

我一口气打出一长串。

过了很久，她才回复我说：

"我在这里待了很多年了，该回去了。"

年纪小的时候，总觉得"很多年"这三个字，讲起来很酷。

"我在这里待了很多年。"

"我离开故乡很多年。"

"我离开你很多年。"

等到了一定的年纪，每每提起这三个字，那种时过境迁的悲凉，大概只有经历过的人，才能懂。

每一句"很多年"的背后，都是你无法抵达的未来和不能回到的过去。

我突然想到我们大四毕业那年，全班最后一次聚会。

那天晚上，我们坐在校门口的大排档，不知道是谁起了个头，之后所有人扯着嗓子唱完了一整首《十年》。

一首歌结束，夜市四周的学弟学妹们纷纷鼓起了掌，就连老板也被氛围感染，搬了箱啤酒硬要给我们送行。

第二天晨曦微亮，宿舍走廊里陆续传来行李箱轮子摩擦过地板的"刺啦"声。

未登程先问归期，后来的这几年，我脑海里总是浮现起毕业典礼时系主任说的这句话。

登程总有归期，一别却是万世。

我曾经有一年年后回长沙，晚上从郑州转车。

那天我们寝室长原本要送我上车，因为时间没有赶得上，等她到车站的时候，我早已经检票进了站。

后来她发消息给我说：你一个人在外，要照顾好自己啊。

那晚我坐在郑州开往长沙的列车上，看着家乡的背景变得越来越陌生，终于还是没忍住，低头悄悄揉了揉眼睛。

耳机里传来一首老歌，名字叫《戏雪》：

一九四八年 / 我离开我最爱的人

当火车开动的时候 / 北方正落着苍茫的雪

如果我知道 / 这一别就要四十一年

岁月若能从头 / 我很想说我不走

岁月若能从头，我很想说，我不走。

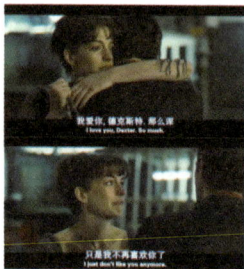

one day |

"爱过就已是幸运"

夏沅：

如果你对这部电影名不够熟悉，那么我想你一定熟悉那句在微博上被刷烂了的台词：I love you so much,but I just don't like you anymore.（我非常爱你，我只是不再喜欢你了）

不得不说，安妮·海瑟薇真的是一个漂亮到极致的人，无论是架着圆框眼镜穿梭在伦敦街头，还是一席东方旗袍和男主角坐在天台怀念过去，她都驾驭得恰到好处。

兜兜转转二十年，念念不忘，必有回响，也是因为这一场念念不忘最后的回响，即便故事结尾不尽如人意，我们也仍然觉得，爱过就已是幸运。

126

|《半生缘》

他们终究是回不去了

夏沅：

比起《半生缘》，其实我更喜欢《十八春》这个名字，据说是因为男女主分分合合了十八个春天，因此得名《十八春》。

最早接触这部作品还是在小学的时候，当时只觉得是部好看的电视剧。记忆最深的是男女主很多年后在街头再相遇，俩人坐在饭馆说起那些年，时间带走了很多我们曾经以为会介怀一辈子的事，最后讲起来，也不过是最平淡的语气。故事的结尾，他没能抛家弃子带她走，她也比谁都明白，他们终究是"回不去了"。

张爱玲大概也是深谙读者心理，倘若当年男女主顺利结了婚，她变成斤斤计较的居家妇，他变成不遂心意的秃顶汉，两人在鸡毛蒜皮的琐碎中磨灭了当初一见倾心的悸动，那么这个故事，反而无趣了。

既然走了这么远

○文 / 张美丽

暑假结束了。

几乎整个暑假，我都在家里上演"北京瘫"，移动路径从床到餐桌，再到沙发，偶尔增添一条路线——到洗手间。这样平淡又无所事事什么都不操心的日子里，食物和睡眠带来的原始幸福感简直要溢出身体。

有个不太熟的朋友得知我放暑假后非拉着我出去看电影，我上豆瓣扫了一眼影评，兴趣索然。

"这电影还不错。"看完送我回家的路上，对方评价。我笑笑不说话。

他继续问："每天这么无聊，你怎么也不出门玩儿，是没有朋友吗？"

我错愕地转头，他的脸在霓虹灯里明明灭灭。车窗外，一群又一群的中学生在追打嬉闹，笑声在夜空里环绕了一圈又一圈。

我当然是有朋友的，只是……

想了半天，我不晓得该怎么去向他解释这件事情。

我小时候有很长一段时间因为没人照顾，假期常被爸妈锁在家里。这种干脆粗暴的方式，导致我在获得阶段性自由之后，异常渴望朋友，后来理所当然加入了小团体，和大家玩得疯疯癫癫。

那是青春正盛的时刻，我现在想起来，脑子里满是敲锣打鼓般的欢喜，偶有瞬间的迷茫也在这热闹里被轰下了场。直到很久之后，一件无足轻重到以至于我都忘了是什么的小事让我意识到，这一段关系并非我所希冀。在笑笑闹闹的背后，其实骨子里，大家还是不同的两群人。

这是特别可怕的一个认知。

你知道，这世上每个人身上都是长着信号收发器的，这样才能在茫茫人海里找到和自己频率相同的人，由此引发相知与相爱。而那一刻你突然明白，频率的统一，和物理空间距离并没有什么关系。每天形影不离的那些人，每天比见父母见得还多的那些人，可能从来就没有接收过你的电波，开启不了你的世界。

这太让人沮丧了。

或许是经历了那样一个过于用力全面释放的时期，盛极而衰，后来的日子里我渐渐开始变得平和甚至冷淡，对待任何一段关系都学会了不勉强，也越来越懒于去结交新朋友——生长到一定年纪，这几乎是每个人都会陷入的困境。

　　每当认识一个新朋友，需要对他一步一步慢慢探知，也需要向他一步一步去交代自己的人生，每走一步似乎都成了对双方的消耗，直到了解到对方和自己并非一路人，再退回到泛泛之交的轻浅关系里。

　　而随着你年龄的增长，职业发展、生活状态、家庭关系、人生规划等太多的东西交杂在一起，占据着你的精力，等你去协调。大家都在匆匆向前赶，再也没有时间和力气去细细了解一个陌生人。只有同样频率的那群人，在彼此初相交的时候，就能识别出对方，觉得那仿佛就是世界上另一个自己，情谊经过时间的发酵，越发醇正、浓香、长久。

　　你开始慢慢认识到，朋友这个东西，真的在精不在多。因为真正担得起"朋友"二字的人，从来都只有寥寥几个。

　　孤独即生活。

　　到家门口后，那位朋友暗示我说他也正在休假，要无聊坏了，希望我常出来和他玩儿，也能对他多些认识。我冲他嘿嘿笑，说："待在家我也挺开心的！"然后跳下车跟他挥手道了"再见"。

　　我想他永远都不会明白，为什么在他眼里无聊至极的日子可以让我感到开心，就像他永远也不会明白，为什么我会再三拒绝他的告白。

　　来日方长，愿那些陪伴过漫长岁月的人，终能掌握进入你世界的密语。

《大红灯笼高高挂》的原著

张美丽：

　　虽然我知道很多稀奇古怪的玩意儿，但这一次，仍想给大家推个故事——来自苏童的《妻妾成群》，也是获得奥斯卡电影提名的《大红灯笼高高挂》的原著。

　　这是一个发生在大宅门里阴冷、潮湿的故事，大晚上看着会有点瘆人——苏童将宅门闺怨描写得太刺骨真切了，若不是早知晓他的性别，我是不会相信这是出自一个男人之手的。合上书好半天我都没抽离出来，还造作地掉了两滴泪。之后去翻改编的电影，听说"灯笼"是张艺谋色彩运用的巅峰，看到主角是巩俐后也很好奇，巩皇一个北方女王究竟要怎样演出主人公颂莲的江南儿女之态。

　　邀你和我一起看呀！

女孩和她的鸢尾花

○ 文 / 叉叉

女孩最张扬的时候，16 岁。

恰好是她温顺生涯中为数不多的叛逆时候，当时的她和家里关系有些糟糕，于是选择在不远的高中寄宿，拥有一大群好朋友，每天和大家打打闹闹地走在路上。

大多数人对她的印象便是那条长长的路上，青春、笑语和无限风光。他们那群人总是浩浩荡荡，女孩在中间站着，明明生着一副乖巧的面庞，然而更多时候，她又有些吊儿郎当的样子，插着兜目空一切，十分地不讨喜。

女孩有着那个时候的少年们所有的缺点：天真、冲动、胆大包天。在现在的我看来，"敢爱敢恨"并非一个褒义词，毕竟在她的 16 岁，过分明显的喜憎只会让她徒增祸端。

只是那时的她却不觉得，学不会八面玲珑，直来直去到有些愚蠢，遇到讨厌的人，眼底自然凝结的冷漠让旁人都要咂舌。

流言滋生的速度比我想的还要快，还记得女孩的朋友让那个散布谣言的人给她道歉，夏日炎炎的午后，女孩高傲地抬起下巴，露出有些烦躁的表情。

那人始终没有说出一句"对不起"，女孩从单杠上跳下来，拍了拍裤子上的灰说，算了。

旁边的人问她为什么，她也不抬头。

算了。女孩又说。

太假了，她真的不想要。

其实我知道她很在乎。

女孩的 16 岁迅速地过去，她的忘性大，总说着自己什么都记得，事实上是什么都丢在过往里。只是偶尔，如果有人将女孩曾经的张扬和热烈摆在她的面前，她会惊诧，是吗？

那段时光比她想象中褪色得还要更快，她甚至不记得自己曾有过这样的过往。

她后来见过一个老朋友，她们聊着从前，像是时间从未推着彼此前进。走的时候，老朋友看着她突然有些感伤。

朋友说，你呀你，好像被生活磨成了另一副模样。

女孩不予置评，大概也只有夜晚的她才知道吧——在每个噩梦惊醒的凌晨，她仍旧会被迫想起的，梦里那句道歉。

她要一句道歉。

不知道是不是每个人都有过像她那样的时候。

渴望着自由，憎恶一切束缚，还有些反骨。

听起来像是一个反派角色，只是当她真的得到了她想要的自由，到了她想去的地方，她却觉得胸口空荡荡的，唯独没有感动。

女孩所有能想起来的、关于她青春的片段，都来自她那时的狂妄和乖张——她假装勇敢和洒脱的装腔作势。

所有咬着牙流不出的眼泪，所有畏惧明天和四处逃避的夜晚，自欺欺人说"不在意"，然后真的学会不在意锋芒在背的目光。

她后来在给同学的同学录上写：我大抵也算得上一个都市传说了。那时候的女孩接近毕业，只有自嘲才能让她感到安全。

许多事情女孩都忘了，但她有永远都铭记在心的东西——前座那个三年未曾说过几句话的女同学，忽然在毕业前夕给女孩的同学录写了洋洋洒洒的一整页：

"……我一直觉得你就像鸢尾花一样，自由又热烈，很多人都从流言里认识你，可你却在战火里越战越勇。我也想要做到像你这样，却还是畏首畏尾，不是每个人都有像你那样的勇气……我知道你很辛苦，也知道你不是真的不在意，但是你不消极的时候真的可以让人很受鼓舞，希望你可以过上自己想要的生活，成为你想成为的人……你一定会成为那样的人。"

女孩伏在课桌上，长发遮住她的眼泪，只有她自己知道那时的她状态有多差。暴瘦 10 斤，几近形容枯槁，吃了就吐，惶惶不可终日。

她不知道该说什么，是"谢谢你"？还是"没关系"？

"我答应你。"女孩写道。

所有少年都会成长，她收起那些晦涩暗淡的时光，洗去阴郁和戾气，重新回到人群里。她最后去了想去的地方，也走在了实现梦想的路上，少年稚气和天真幻想，竟不再是不切实际的愿望。

这一次，再不是女孩的逞强。

——那个前座的女同学，如果你有天看到这里。

我会的，永远向自由又热烈的鸢尾花看齐。

《十三个原因》|
她离开的十三个原因

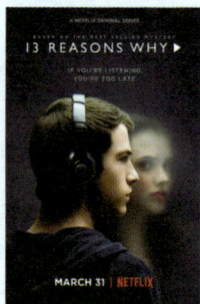

叉叉：

　　《十三个原因》一共 13 集，讲述的是克雷某天收到自杀死去的同学汉娜的录音带，里面说了汉娜自杀的十三个原因。我原以为这是一部烧脑悬疑剧，但实际上，这部美剧讲述的核心还是校园欺凌。

　　汉娜活着的时候，大家总是忽视对她造成的伤害，直到她死了之后，她制作的录音带流传出来，大家才开始紧张……汉娜以这样的方式，让大家终于正视了她，正视了校园欺凌对她的伤害。

　　无论是以怎样的方式，她永远不会消失。

　　这十三个原因，十三盘录音带，如果有一个——但凡有一个不曾发生，现在汉娜都会活着。

　　她离开的十三个原因，看得有些痛心。

依然亲爱的，我没让你失望

○文 / 夏沅

前段时间网上很流行的一句话：几年前踏上火车的那一刻，也许还没有意识到，从此故乡只有冬夏，再无春秋。

长沙断断续续地下了一个月的小雨，终于缓缓放晴，我拧紧衣架上的最后一颗螺丝钉，心情突然大好起来。

2015 年 5 月入职以来，这是我搬的第三次家，因着东西越来越多，索性一不做二不休，继续购置了书柜和书桌，贴了一室壁纸。

我把这里慢慢置办成远在河南的家的样子，而我已经离开那个家，九个月了。

去年的这个时候，大概是这许多年里，我过得最不好的一个冬天。

做着一份谈不上讨厌却始终无法爱上的工作，住在一个不足十平方米的廉价出租屋里，每天在出租屋和海选现场来回奔波。

凌晨三点布置完海选现场，蹲在一辆只有驾驶座和副驾驶座的面包车后备厢里，一路颠簸却困得在车里直打盹。

在那个逼仄的出租屋里，我常常会做一个梦，梦里我终于被生活磨成了一个俗气的中年妇女，醒来一身冷汗。

临近毕业的压力，实习生活的不顺利，那个冬天我变得极度暴躁，旁人随便一句话就能让我立刻炸毛。也是在那个冬天，陪在身边许多年的旧知己还没来得及变成老友就分崩离析。

那年冬天，我站在十一楼的工作室窗前，隔着窗户看远方人来人往万家灯火，我问自己：你积攒了那么多年的梦想，就要死在这个冬天了吗？

当然不，我的回答是如此笃定。

于是不久后，我递交了辞职报告，离开了海选现场和那个十平方米的出租屋。

接到面试通知的时候，我正在准备最后的毕业答辩。我迫不及待地坐了十几个小时的火车，终于在第二天赶到了长沙。

面试那天我站在公司楼下，有些忐忑地拨通了闺蜜的电话："喂，我有些后悔昨天没有做个头发诶。"闺蜜大概还没有睡醒，在电话那头有些抓狂地怒吼道："你怎么不干脆去整个容！"

我得意地挂掉电话，魅丽是我七年的梦想，那个七年前躲在课桌里偷看《花火》的小女生，如今站在了公司楼下，这是预支了多少幸运才能成真的梦。

时至今日，那天面试的对话我早已经有些模糊，但是我清楚地记得，那个坐在会议室里的自己带着满满的期待和不安，问对面的面试官：你，是朵爷吗？

　　她微笑着点点头，我忍住立刻就要冲上去给她一个熊抱的冲动，在心里呐喊：我喜欢你，好多年了呢！

　　来长沙的这九个月里，偶尔醒来我还是会有一刹那的恍惚，无数次想要掐叉叉和琴子一把，看自己是不是还在梦里。

　　那年冬天离开的人，后来的日子也没能再回来。我在一座陌生却渐渐熟悉的城市开始了新的生活，每一天都过得很充实，每一天都对未来充满了期待。

　　依然亲爱的，我想我没让你失望，和世界交手的这许多年里，我神采依旧，兴致盎然。

　　愿以后的日子里，我们都一样，有梦为马，从此岁月无欺。

When Harry Met Sally |

希望你也能遇到那个人

夏沅：

我选电影的标准很奇怪，有时候是因为剧情，有时候是因为演员，有时候是因为一首主题曲，有时候只是因为一句台词，而我刷*When Harry Met Sally*（《当哈利遇见莎莉》）这部电影的初衷就是因为一句台词。

除了那句经典的台词，剧中还留下了一个经久不衰的问题：男女之间，究竟有没有纯洁的友情？

这个问题我相信每个人都会有自己的见解，就像剧中的男女主一样，争执了十年，却也还是没有结果。又或许是答案已经不重要了，重要的是，十年后的圣诞节，男主匆匆赶来，在舞会上拦下女主，说出了那段经典的台词：

When you realize you want to spend the rest of your life with somebody, you want the rest of the life to start as soon as possible. （当你想要和某人共度余生时，你会希望余生快点开始。）

希望你也能遇见那个让你想要快点开始余生的人呀。

你我相逢在海上

○ 文 / 张美丽

一个阳光慵懒的午后，我赤着脚在家清理房间，翻到了一个亲戚送的高级笔记本。

皮质的，纸质滑腻堪比精装书，留了七八年，我却只写了一页——全是陌生人的名字。

那年我大二，我负责教系里某一个班的新生们唱歌参加合唱比赛。因为外形柔和，年纪也比很多新生都小，对着那些高我一个头的男生们，我实难有威慑力，于是大家训练时总吊儿郎当，不是缺了这个就是逃了那个，直到比赛的前俩小时还有两句总跑调。

我疲惫地哑着嗓子，号召大家再来一遍，也不知是谁，在系主任走后起哄喊了一声"解散"，几十个男生瞬间鸟兽散。

这样赤裸地无视，给了那时特小美就敢行凶的年轻的我一记重击。脾气忽地就上来了，我倔强地沉着脸杵在原地，不说话，眼眶却在某个瞬间带上了湿意。好在班里那个颇受欢迎的大个子见状,一嗓子将大家喊住,又勾着同伴的脖子折回来,给了我台阶。

那次合唱比赛,我们得了二等奖。

统计名单的时候,每个人都在我的笔记本上写下了名字。大家字迹潦草难辨认,像那时随性没个正形的我们。回到宿舍后,我公整、郑重地将它们誊了一遍。

这些人我已经一个都想不起脸,谈不上认识,他们也不会再在我的人生中出现,但想起来时,不知为何总会露出微笑。那张写满了大家姓名的纸,被我留在笔记本里,重新塞回了书架。

我最近也不知怎么了,常会被一种很轻、很透明的悲伤席卷。

说起来有些矫情。也许是因为最近书号迟迟下不来,让我们几个多少有些焦虑;也许是发现二零一九嗖嗖地过去了一半,但大家的生活状态却与僵硬的二零一八太过雷同;又或者,只是单纯的因为那一天的天气不够好——

我总隐约觉得,我们这群人,聚在一起的时间不多了。

这个突然的念头未免显得有些神经质,却的确吓到了我。于是最近大家再在群里插科打诨时,我会截一些好玩的聊天记录存进仅自己可见的相册里,各自丑兮兮地表情包也存了很多,只为了努力多留住我们混在一起时,关于生活的真实的光泽。

就是这样一个我,几年前,还满心想着做一个薄情酷女孩儿。

有回,一位关系不错的同事要离职,行前跟我道别。她悠悠地问我,离开之后,你会想念我吗?

那天太阳很暴，晒得人都要化了。我站在大太阳底下不停地扯着 T 恤领口往里灌风，嘴里却没一句有温度的话。

"不会，"我说，"一生中来来去去这么多人，总是要分开的不是吗？几年以后，说不定你都不记得我了。"

她戳着我手臂笑了起来，骂我没良心，转而不再纠结这个问题讲起了别的。但那天一起回家，她没再挽住我的手臂。

其实是有一点点不舍的，我不好意思说。去表达晦涩的情感，对那个年纪的我来说，还是一件令人难为情的事情。我天真地想，我经历过那么多次道别，总会生出免疫力，所以我应该酷一点，不被这些羁绊住。

我那时不知道，所有和情感扯上关系的事情，是永远都没办法适应的。

你看，人类披荆斩棘走到了今天，辛辛苦苦地进化了百万年，却仍然在这种时候愚钝得令人生气。就像我，总在相聚的时候担忧起离别，到了离别时又不肯好好说再见，于是我总是过得不开心。

时间太急了。

我们各自的人生小火车，总有一天会从这个共同的站台出发，行驶四方，开往下一段未知旅途。但我们碰过的杯，我们一同看过的云，还有我们曾分享过的那些比天空更高、比落日更重的梦，一定会永远在时光长河里发着光。

我这样相信着。

那些星星般闪耀的人啊，终将在另一片时间海上相逢。

|www. radio. garden
这里可以收听全球电台

张美丽:

这个网站是我在网络上发现的，新鲜又好玩儿，所以，推荐给你们哦！

它是一个可以收听全球电台的网站，不需要技术手段，输入网址就能直接使用。进入页面后是一个地球，地球上有很多绿点点，你点击某一处的绿点，加载完就能听该地的电台了。

我已经在里面耗了一下午，从我们大长沙听到台湾，又去中东、非洲、美洲各逛了一圈，听得很开心。最大的问题是……我听不懂，哈哈哈！不过，我依然能从不同的音乐风格里感受到各地文化的差异，体验不一样的文化趣味，打发时间的时候，可以去听听看哦！

145

多抓鱼 |

买书如山倒，看书如抽丝

déjà vu

张美丽：

"买书如山倒，看书如抽丝"，这是豆瓣上很老的一个小组名字，相信也戳中很多囤书党的内心啦。所以，今天给大家推荐一个二手书买卖平台，叫"多抓鱼"。

通过多抓鱼的微信公众号就能进行买书卖书操作。但我把它当成一个读书挑选平台在用，哈哈！相比其他二手书平台，我觉得多抓鱼的品控做得很好，它们有专门的体系来对书进行筛选，盗版、教辅或者无营养类的书是不收的，另外，某本书如果在多抓鱼滞销，那之后也会减少该书的接收量。之前我看到多抓鱼的滞销与畅销数据榜，发现，有意思的是，市面上热门畅销书基本都在滞销榜上，畅销书的作者前几名是马尔克斯、卡佛、钱钟书和三岛由纪夫。通过这个榜单，你应该大致能了解多抓鱼用户的读书品位了吧！

我常跟新人作者说，多读书不够，得读点好书，所以，常有人会问我该读些什么书。跟着多抓鱼的用户读，不会错的啦！

在一场夏夜的大风里

○文 / 王小明

第一次写《少女咖啡馆》，是去年长沙暴雨刚刚停歇的时候，而写这篇日志的今早，我又带着一身湿漉漉的气息，踩着水从雨幕中穿过。按月份计算，间隔刚好一年。

上次哥哥来长沙出差，离开的前一晚抽出时间请他的几个老朋友吃饭，叫上我也一起。

我一开始犹豫着不想过去，一是公司到餐厅的路程不算近，二是觉得去一个除了我哥都是陌生人的场合吃饭会尴尬。

我的家庭情况有点复杂，哥哥和我的年纪相差很多，联系也不算紧密。只是听大家都说，小时候哥哥很喜欢我，觉得小孩胖乎乎肉嘟嘟的样子很可爱，会跟朋友们炫耀妹妹，有什么新奇的小东西也都买来送我。我小学时哥哥刚成家，有天不知从哪儿买了一套小姑娘的饰品套装，有手链、项链……还有一个精致的小包包，非常漂亮，都是冰凉、斑斓的珠子串起来的手工艺品。那年暑假，我戴好所有能戴上的链子，斜挎着包包去很远的姑妈家玩，半路在山上被晒得中暑，唯一同行的年龄相近的表姐只得背我。因为包包带子硌得慌，表姐要我取下拿在手里。我脑袋沉得厉害，还是不敢在表姐背上晕过去，害怕手上一松，醒来就再也看不见我的"珠珠包"。

后来，哥哥嫂子因为工作移居到很远的城市，学生时代的假期又长又无聊，我偶尔去那边住一住，玩一玩，但比起哥哥，跟嫂子和侄子的关系更好。等到我工作之后，大家一年也就能见一两次罢了。

去前我很焦虑，害怕因为堵车到得太迟，害怕格格不入吃不好饭，害怕一推开门大家快吃得差不多而我只能装模作样吃一吃残羹冷炙……

我在微信里千叮咛万嘱咐：一定要在你边上给我留个座！

餐厅位置有点难找，我在湘江边上吹着江风，等我哥出来接我。

包间里人不多，桌子很大，我坐在我哥旁边，表现得意外闲适，不用怎么参与中年人（对！我哥已经是中年人了）之间的话题，只要在恰当的时候和他们一起笑笑就可以。

大概我在心里优先默认自己还是青春期那个极其敏感、别扭的小女孩，赴约前担心得要命。其实好些东西都在不知不觉间改变了，回过头才会意识到那些困窘和无措的时刻已经过去了很久。

这间餐厅的核桃包尤其好吃，咬一口全是热乎乎甜滋滋的流心馅，里面掺着核桃碎和其他坚果，我一连吃了两个。听他们聊天、谈工作，我就在一旁认真进食。吃得满足而放空时，我又想起高一那年的小饭局，同桌的除了几个聚会的大人，就只有我和另外一个同校的学姐。我和学姐一样都是临时被家长喊出来改善伙食，吃完便要在午休时间结束前回到学校上课。只不过我吃得小心翼翼，学姐则大大方方。

我面对大人们总有一种复杂的自卑和厌恶，一直不善、也不愿应付他们。小时候父母离异，八岁的我暗自安慰自己分开比争吵要好，却有很长很长一段时间，不管熟与不熟的大人见到我的第一句话便是问我"想不想妈妈""上次见妈妈是什么时候"。我烦得不行，看到他们问话时脸上自以为悲悯的神情便觉得不适，久而久之都把脸撇开，或者看着地面回答。等到他们不问了，我身体里有一部分性格却已经定型了。比如不喜关注，比如讨厌人多的场合。

当下食不下咽，加上旁边是脾气暴躁的爸爸，我只想假装吃完快点回学校买零食填肚子。和一群人围在一张圆桌上吃饭，对当时十四岁的我来说只是煎熬。

十四岁时，我偷偷望向对面的学姐，羡慕她的自在，羡慕她旁边看上去很温柔的妈妈，越发不喜欢自己；二十四岁时，我从一场旧年的回忆走向夏夜的大风，带着一肚子的食物，和认识、不认识的人摇手说下次再见。

这次我再也吃不下一丁点儿零食了。

防蚊好物 |
——电热蚊香液

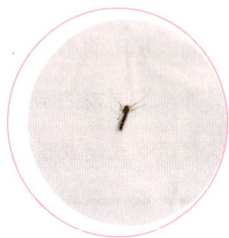

王小明：

　　首先我要用一句夸张的开场白开启这个推荐：这个世界上有两种人——一种是没用过电热蚊香液的人，一种是再也离不开电热蚊香液的人！

　　自从几年前的夏天我开始用上电热蚊香液之后，到现在只要快到夏天我就会开始囤货。

　　几年前我租住的一个小区，绿化环境很好……好到我们的卧室窗外都是一片灌木丛，曾经还有超级小的蜘蛛成群结队地从纱窗的小网跑进房间，还曾有一条蚯蚓被卡在小网里……好的，这些噩梦回忆与我要推荐的东西并无关系……

　　总之因为住在一楼，而且还有个小院子，植被覆盖率太高导致蚊虫也多，杀虫剂和蚊香的味道都太大，最后我在网上买东西的时候偶然看到了电热蚊香液，就抱着试试的想法一起下了单。电热蚊香液太方便啦！找个插座插上，开关只需按按钮，平常也不用管它，有时忘记关掉也没关系，不会有危险。最重要的是，我晚上睡觉真的再也没有被蚊子咬过了，再也不用半睡半醒间抓抓挠挠了！

　　今年三月初，我惊恐地在房间发现了两只大蚊子，马上就去买了一堆新的电热蚊香液，但是这次买的蚊香液效果一般，如果大家要买的话，推荐雷达和青蛙王子！

软木板 |

"适合记性渐渐变差的人"

王小明:

　　以前装饰房间的时候，我买过两块铁架网，就是在"小清新""文艺风"装修贴里常出现的那种，上面可以夹照片、挂耳饰，对于租房的朋友来说有一定的摆设和实用功能。但是渐渐地，我看它们不是很顺眼……

　　这种铁架网挂在门后或柜子上还行，如果想靠放在桌子上就没有那么好看，而且不是那么稳固，容易滑下或倾倒。所以搬家后，我把两块网格挂在衣柜和门后夹夹照片、挂挂耳饰和发带，但是书桌前我还想要一些装饰。

　　本来在墙上用纸胶带贴上好看的小画、照片等也行，但总觉

得少了些什么。加上我的小小化妆镜太矮，化妆的时候总要佝偻着身子才能看清，但是挂在墙上又需要钉钉子，会破坏墙面。

我想买那种可以钉照片的木板，一开始不知道该怎么在淘宝上搜关键词，经过重重摸索，我终于在令人眼花缭乱的商品海洋里找到了它！

这种木质的框框可以钉挂在墙上，也可以直接放置在桌上。它正面是一层软木板，背面是一层毛绒毡布，用图钉将你喜欢的照片、常用到的记事贴等钉在上面就行，我还挂了一个化妆镜，也还算稳固。

这种木框比铁架网更柔和一些，放在书桌前视觉上会更舒服，写上纸条钉在上面也很方便备忘……适合像我一样记性渐渐变差的人。

我在旧岛看过月亮

○文 / 叉叉

在古希腊的神话里，月亮总被赋予许多神秘又动人的含义，如果月亮是一个谜，它一定没有确切的谜底。

我爱月亮，胜过星星，这是我很多年后才发现的。

人人心里都有一座旧岛，我的旧岛，是儿时的家背后一个废弃的足球场。

我出生的头几年，这个足球场还举行过几场球赛，场面颇为盛大。人声沸腾之中，作为足球后卫的我爸一脚踢伤了脚踝，从此钉子鞋就搁置在鞋柜再未出山了。

后来，足球场就成了我和小伙伴们的"秘密基地"。我们在杂草横生的草坪里抓蚱蜢，放进火柴盒带到学校；周末的午后，心照不宣地钻进工厂废旧的七扭八扭的管子里，假装是一支即将出道的摇滚乐队；我们还爬过烟囱，好在及时被大人们发现，然后都被狠狠地揍了一顿……自那以后，我们在足球场最"惊险"的集体活动，就是半夜聚在铁栅栏边讲拙劣的恐怖故事了。

然而对于足球场，我最深刻也最梦幻的记忆，便是一个炎热的午后，我和小伙伴依旧蹲在草丛里抓蚱蜢，我为了躲避邻居牵来的大黄狗一边哭一边疯跑，小伙伴忽然直起腰指着天上说：怎么天上同时挂着太阳和月亮？

于是突然间，所有人都抬头看着天，时间好像静止了，太阳和月亮同时挂在两头。过了一会儿，月亮变得黑乎乎的，猛烈的阳光悄然褪去，我们都笼罩在这黑暗里。

后来过去了很多年，我仍旧记得那天的场景，即便我从未查过那天是否有与月亮有关的天象，又或者——那只是幼儿的呓语，是一场不存在于人间的梦。

又过了几年，我永远离开了这座"旧岛"。

我高中的时候曾和寝室的几个女孩交好，即便到后来大家的友谊已经生出疮口，但是毕业的时候，我们还是佯装了结痂的样子，尽力拥有了一个美好的散场。

女孩子们的友谊不会比爱情轻些，承诺的时候也天真得很，许诺了婚礼上的陪伴，许诺了有彼此的未来。

后来我们都长大了，分散在天南地北，偶有联系，每次联系的时候一定会客套地说：那有机会，一起聚聚。

有年假期结束后，我从老家回到长沙上班，突然收到其中一个女孩的短信。她说：你这次假期，是不是回来过？我前天好像在你家楼下看到了你。

我说：是。又问她，为什么不叫住我？

她并未立刻回我，只是又过了好几个小时，我都没再将这件事放在心上，才突然收到她的回复。

她说：近乡情怯吧。

我一怔，再未回复过。

后来她的婚礼并未邀请我，我也没有太多遗憾，只是在朋友圈刷到她婚后生活的动态，会忽然迟疑，如果我点赞了，会不会很冒犯？

我们再不是高中时的密友了，可是那座旧岛又真真切切地存在过，又让人如何不胆怯呢。

二月，朋友 Y 忽然发来我们班里一对情侣结婚的视频，男生发福了，已然认不出少年时的样子。视频的结尾，他操着难听的乡音对新娘承诺，要一辈子对她好。

我无法猜测 Y 的心情，因为我曾经听过男生对 Y 许下的承诺，月光下的誓言也十分动听。但时至今日，我只能劝她，是时候释然了。

Y 没有直面我的安慰，只是突然回复我："我的男孩终于长大了。"

——如果你曾在旧岛看过月亮，那你永远都无法将月亮遗忘。

我曾经看过的一部日剧里，编剧为了男女主角共同喜爱的导演虚拟了一部电影，以小剧场的形式在每集穿插播放。我对这个虚拟电影的预告片宣传印象尤深——"月亮将越来越逼近这个世界，由于月亮的引力作用，'无感情病症'在全世界蔓延。一旦感染，就会失去感情，而感染者被称为'无感情患者'。唯一能逃脱这种病症的办法是——去看堕落在海里的巨大的月亮。"

浪漫又虚无，还带些先锋主义，仅仅是为了映衬男女主梦幻处境而编造出来的末日电影，却意外地对我胃口。

小剧场里，他和她穿梭在废弃的旧岛上，看着人们渐渐失去感情，褪去颜色，看着巨大的月亮临近。

他和她是这世界上最后两个守住了感情的人，在这样极端的情况下，仍旧会在爱人的凝视下心动。

月亮不会"轰"的一声坠入大海，它只是温柔地靠近你，且对所有的副作用感到抱歉。

但它仍要靠近你。

被情节触动的后知后觉 |
——痞子蔡

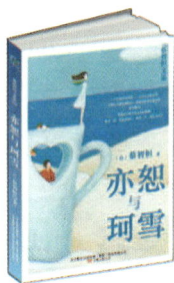

叉叉：

我非常非常喜欢痞子蔡写的故事。

痞子蔡在我心中一直是一个有着细腻内心的理工科男，他小说里的男主角往往没有浪漫因子，却有着奇怪的幽默感。痞子蔡写的爱情故事大多语言平实，没有太多华丽的辞藻去宣泄情绪，但也不会让人觉得乏味，充满着工科男的干练感。

让我仔细说他的故事如何动人，我也是说不出来的，总有种看完之后才发现自己被情节触动的后知后觉。即便是尚缺少实战经验以及人生阅历的我，也是在看故事的时候悟出了些人生道理，对于故事中的遗憾和错过，也和主人公们共同感受着，不自觉地就入戏了。

再就是，痞子蔡的描述总是能让人产生非常逼真的代入感，生活、大学、工作、社会……栩栩如生，就像他笔下描述的那样。我对未来的许多想象，都是由痞子蔡的小说而来。

也许生活就是这样

○文 / 朵爷

我每次开车从公司的入口进来，穿过弯弯绕绕的一条路，就会瞧见两边有几棵很大的桂花树，摇开窗的话还能闻到淡淡的桂花香。

有时候，在两旁停了许久的车，车顶会落满迎风吹落的黄色小花，雀跃得很。

我喜欢捡叶子。

我们小区的树很多，每次走下楼，我都能挑一两片叶子回家。从春天到冬日，晨间或黄昏，这些细细碎碎的，流淌着岁月的东西，似乎能在心上添来恰到好处的温柔。

讲起来，近期因为书号来得实在缓慢，以及公司各环节的梳理，导致很多进程被迫推迟。按理来说我应该像往常一样焦虑不安，待完成的工作每日都在提醒你，时间不多了。

今天丐胖在群里显摆，嘻嘻我又出了一本书，你们呢？

小锅不甘示弱，出了两本哦。

我咬牙切齿，你们再这样我就退群！

说是这样说，其实仔细想起来，这让人昏昏沉沉的十月，大概也算得上我一年来最自由散漫的时间了。

长假后，叉叉和夏沉又接连着休完了自己的年假，我每天来看看稿子，找找图。组里一时之间没有了焦头烂额的氛围，大家都平和了不少。

所以，在这样平和的秋天里，我终于决定在家里装上暖气，想到马上就要在寒冷的南方过上温暖的冬天，就非常开心啦！叉叉的催稿也因此更为直接：你不需要多赚点稿费去支付你昂贵的安装费吗！

除此之外，因为同伴们的相继"背叛"，我竟单枪匹马地完成了本年度最重要、最艰难的一场考试。考试回来的那个下午，我（和网约车司机）以一百码的速度驰骋在高速上，路上空空荡荡，两边的树木飞快地闪过，啊，那种快乐，让我觉得，这十月里苦恼的一切都不重要了。

对，考试结果也不重要！

周末，我和小锅去市内的一个湖边玩，自驾开过二十公里之后居然路过了大学时的母校，我们在奔驰的车里发照片给叉叉，兴奋地说，叉叉快看，这是哪儿！

我似乎看到了叉叉在几十公里外摇摆响应的双手，她说，记得给我打包旁边鸭霸王的脖子！

想起来我已经有整整十年没有回过这里，上一次过来是来领毕业证，班主任在群里发来消息说去学校的人工湖拍最后一张合照。

多年后的某一天，大学同学在群里回忆那次毕业照，我好奇地找了半天也没找到自己。这才突然想起，那次因为是请假外出，为了早点赶回公司，更多的，恐怕是不以为然的想法——"不拍似乎也没有什么"——便主动错过了那次合照。

这些大学同学我都再也没有见过，偶尔的一次聚会我也没有参加，在看到照片的那一刻，我却惊觉，我曾错失的，是一场真正的结束。

我很小的时候，认为自己拥有的每件事都要和大家一样才是好的；再长大一点，就觉得，啊，我或许应该和他们有一些不同，应该要特别一点，对于事情，即便喜欢，也要装出不喜欢的样子。

而到了我现在这样的年纪，逐渐明白了，其实大多数人的一生里，那些"普通"是平凡的，那些"另类"也是平凡的。

我有一个高中同学现在的工作是做拓展的，他最常做的一个项目是，校友重聚。

我常常在他发的工作视频里，见到很多大同小异的拓展内容，但每多一次看到这样的东西，心里面的某些东西便越发要重一些。

我想人生的意义，大概是在于你对人生前一刻的重新解读。

那些十年后，二十年后，甚至四十年后重逢的人，经历了岁月的种种后，觉得曾经的每一分钟都令人怀念，你喜欢过的人，讨厌过的人，甚至不曾多说过几句话的人，从再见的那一刻起，不知怎的，你和他们，都变成了生命中最深刻的彼此。

年轻时以为一场告别不过是转身，只要你想，就能再回过头来。不曾想啊，这世间人来人往，你们的重见，是漫长岁月后，是此生的遥遥无期。

那天，我和小锅在湖边拍照，却突然遭遇暴雨，狼狈的我们在雨中骑了半个小时的自行车，才出了景点的门，满身凌乱地驾车离开。

返回的途中，我们再次路过了学校，也不过是远远一瞥，再没想过要在雨中下车去重温这旧梦。

我明白的，时间向来都是失去的便失去了，到来的会到来。

很多过往的事情，都将留在我们余生的怀念里。

从此，怎么也忘不掉了。

朵爷:

　　《摩登家庭》已经出到第八季了，目前我完整地看过两遍。这部美剧讲述的是由三个家庭组成的大家庭，每一个人都有不可理喻的缺点，每天在他们相互关联的生活里所发生的点滴琐事。现在又推荐给你们，是因为你们可能会是众多小朋友中的一个。

　　学渣小美女姐姐海莉，超级学霸妹妹艾雷克斯，贪玩的怪小孩弟弟卢克，以及和卢克同龄的小学生舅舅曼尼……最喜欢曼尼啦，因为他最不像一个小孩儿，和大人一样喜欢饮咖啡，爱和人理论，深沉又惆怅，老气横秋。即便这样，他依然是本剧中我的最爱，因为这个小孩儿说出来的话，永远直击心灵。

当然了，这部剧里，能通透你人生的台词太多了：

"我以前在学校也不合群，她们觉得我很怪，我也不试图解释。可能现在的你也在经历这个时候。但成长的搞笑之处就在这里，在很多年中，大家都很害怕标新立异，异于常人。然后突然的，几乎是一夜之间，每个人都想要和别人不一样了，像大部队猛地掉头往反方向跑，而我们早就知道这一天会来。只是安静地等着。"——米彻尔讲给被孤立的曼尼。有时间，大家可以和好朋友甚至家里人一起看哦。

|SketchMaster

无社交的画画"神器"

朵爷:

感觉我和叉妹要包揽这个栏目的 APP 推荐了。

我在学生时代没有学过任何艺术科目，这是我一直以来觉得有些遗憾的事。但是，这并不妨碍我对很多事情感兴趣，比如画画、摄影、写字啥的。

年纪稍大了，工作比较忙，有时候没有时间去系统地学习某一样东西，就自己在家里瞎琢磨。

SketchMaster 是一个绘画软件。有一阵子，我沉迷画画，每晚睡前都想画点什么，虽然画得特别难看……但是我不管哦！我画完还要发给大家看！

SketchMaster 的操作相对比较简单，适合我们这种菜鸟玩家，界面也很干净，它有很多种笔触供你选择，还有不同种颜色，画得不好就擦掉或者删除咯。

比较喜欢的是，它没有任何的社交操作，也不会有什么弹窗。你就没事的时候，安安静静地一个人画画吧。

要相信，你是幸运的那一个

○文 / 王小明

新的一年要到了。前些时间我们组围坐在一起，聊到快要过去的二〇一七，大家纷纷表示很倒霉。

我这两年最害怕的三件事情是：手机、电脑出现故障，住所、工作临时变故，与身边人发生不快。

虽然原本就没有多么顺遂的人生，但遇到这三件事，往往还是很容易经历大型崩溃。

加上不久前摔伤了腿，三件事之外又多了一个健康问题。

二〇一七年的阳历生日那天，我回到离开一年半的长沙找工作，借住在一个表姐的单身公寓里。

说实话，结束上一份工作之后，我并不清楚自己想做什么，还能做什么。

上一份工作里，虽然也有一些值得留存的回忆，但总体来说并不开心。度过尤其痛苦的最后一个月，我打包行李回了家。

在远方城市度过的一年多里，曾经无论站着、坐着、走在路上，都会忽然难过大哭，还有焦虑到满头满脸皮肤过敏的日子。

工作其实并不只是一份职业，还包括因它变化的生活和人际关系。

到长沙的第一晚，地铁车厢里充斥着让人不愉快的槟榔味。我提着行李箱在市中心找到正和朋友唱歌的表姐拿了钥匙，然后打车过去她住的地方，刚出发就在一个桥墩下面堵了快二十分钟。

当时已经快零点，却还有这么多人在外面快乐地过夜生活。我又烦闷、又莫名好笑——这就是长沙啊！

看到朵爷发布招人的微博之前，我已经在等一家还不错的公司的结果。

说还不错是因为这家公司在市中心的高端大楼办公，隶属于有名的企业，工作内容和我之前做的相差无几，待遇不错，有个负责人还是早我几届的学长。我以为这就是我能找到最合适的了。

直到偶然刷到朵爷的微博。

去接旅游回来的表姐时，我一直在手机上编辑简历要注意的内容，还附带了一堆肉麻兮兮的话，有一半是在机场大厅里打出来的。

接到面试通知还没兴奋多久，第二天就打碎了水杯，水全泼进了电脑，花了近一千块钱也没救回硬盘，所有东西消失得干干净净。

我在修理店默默抹了半小时眼泪，背着电脑胡乱走了一下午，觉得一切都怪自己不小心。

差不多的事情发生在六月份——一个月内我接连摔坏了几次手机，大笔大笔的钱花出去，坏事不断发生。

自责感会让人很辛苦，怀疑自己的智商和能力，甚至怪罪自己不够好运。面对已发生的事却还难以接受时，只好不停地想"如果当时……那么现在……"。

要说万幸，就是晚上和周末再难过，等到了公司，和组里面的大家嘻嘻哈哈，听大家说几句意见，一切又变得没有那么难以忍受，接受已经发生的事情后，也能开始解决。

最近，我又遇上"住所临时变故"，并因此与人发生了短暂的不快。

对不在一起的家人和朋友都无法开口倾诉，却常常不管不顾地第一时间在花火 B 组的群里打上几百字来发泄。可真是一点都不像我。

我极怕被亲近的人讨厌，怕旁人对这种嫌隙的私事感到厌烦。

有好几次我都明显地感觉到，我在改变了。

改变不是一个人就能做到的事情，是因为有人给了你足够的信任和安心。

大概没有几个人知道，加入花火B组的前一天，我在那家"还不错"的公司上了一天班。

　　那边的人事催着我给答复，我在梦想和现实两者间选了先面对的现实。

　　但现实真的好折磨人。我坐在"还不错"公司，焦灼地剥掉了大拇指上的指甲油。晚上打电话给上司提了离职，告诉她我做好的策划方案放在电脑桌面。第二天，我则跨越半个长沙向朵爷报到。

　　刚进组时，我敏感又小心。每天早上提前两个多小时出门转公交车，晚上就跟着手机地图去找租房，和朋友打电话还会哭着去楼下便利店买纸巾。

　　周围的一切还很陌生，做决定后的不安又笼罩着我。有人质疑我的选择，我就担心是否真的错了。毕竟我从未中过刮刮乐，连排队也总选到最慢的那一列。

　　那个时候正好看到了《夜航西飞》里的一段话："……未来藏在迷雾中，叫人看来胆怯。但当你踏足其中，就会云开雾散。"

　　我把它抄了下来，直到现在我才相信，我的确是幸运的那一个。

——《巴黎私厨》

这就是巴黎人烹饪并享用的法国菜
This is French food the way Parisians cook and eat it.

王小明:

我有一段时间非常迷恋纪录片，其中看得最多的就是料理类。

国内外有很多高质量的食物纪录片，但是非要说一个我最喜欢，且最百看不厌的，还是《巴黎私厨》。

《巴黎私厨》的主角是一个叫"瑞秋"的英籍女孩，在法国蓝带学院学习了几个月后留居巴黎，并开了一家巴黎最迷你的私人餐厅——就位于她小小的公寓里。

由于空间的限制，她的餐厅每晚只能接待一桌客人，据说比米其林餐厅还要难预定。

瑞秋认为法国菜不仅仅是米其林餐厅里的大餐，在她的讲解和做菜的过程中，复杂的法国传统料理变得简单易做又妙趣横生。

　　镜头不止停留在厨房，瑞秋还会去巴黎街头和小店采买各种新鲜的食材，光是看她边挑选边和店主谈笑，都觉得生机盎然。

　　料理之外，瑞秋也很有个人魅力。她拥有满满的生活情趣、创意和热情，涂着复古红唇，打扮总是既显特色又不失风情。

　　整部片子的剪辑也很精致俏皮，片头有可爱的手绘插图和恰到好处的配乐……让人怎么能不喜欢它！

| 文创
——故宫淘宝仿真丝刺绣包

（此图来源于"故宫淘宝"官方图片）

王小明：

　　故宫淘宝是故宫博物院的官方淘宝店，主要卖一些故宫博物院的文创产品。它里面有很多看上去奇奇怪怪又莫名很吸引人的东西，比如写着"朕不能看透"的蚕丝眼罩，印着"肃静"和"回避"的帆布包和卡套，"冷宫""御膳房""上书房"等冰箱贴……也有包装绝美的美妆产品和实用的手账产品，我在满目琳琅里看中的第一样东西竟然是……一个平平无奇的布袋子。

　　其实它也不算是平平无奇，虽然没有特别花哨的设计，但绸缎一样的面料和精致的刺绣很吸引人。而且这款包包只要五十块！五十块，就可以买到这种原创、文艺又实用的东西，比大多数淘宝店的同类包包便宜一半甚至更多，我还犹豫什么呢？！

这款包的包装是同款图案的纸袋，我收到后，小心翼翼地拆开纸袋试背了一下——嗯，确实很好看！质量也不错，比以前买过的仿真丝包好很多。

然后，我又小心翼翼地将它折好放回了纸袋……

直到写这个推荐时，它还原封不动地待在柜子里，从来没有被背出去过……（其实是因为我忘了。）

写推荐的时候我又去搜了一下，发现竟然有好多别的店也在卖这个包，比故宫淘宝官方店还要贵！甚至有家卖六十元不包邮还有 79 人好评！怎么回事？！

我回头再望某年

○ 文 / 夏沅

新年伊始，和许久不见的好友再聚，她率先打破沉默："我们，很多年没见了吧。"

没等我开口，她又继续说："我总觉得这些年像一场梦，有些话要开口，都不知道该从哪儿说起。"

我突然想起2016年，那年南方暴雨突至，长沙、武汉以及周边的几座城市，整整下了两个月。

我从长沙回家的那天，恰逢一位老友生日。

火车在始发站晚点了四个小时，我没赶得及见她。

而此后的这一生，我都不会再见到她了。

我大二暑假的时候去支教，山里虫子成群，一不小心就中了招。

那时候我还不认识隐翅虫，端着阵痛的手臂去村卫生院，医

174

生硬说是被蚊子咬的，拿了瓶风油精就把我打发走了。

支教环境艰苦，我们都没当回事，后来红肿地方沾了水，等我回家的时候，右手臂近二十厘米的化脓触目惊心。

我妈拖着我去医院，医生一边拿针头挑开，一边压着灌了消炎水的针筒往破皮处喷。

我坐在凳子上，扯着我妈的大腿，嗷嗷直叫。

那天晚上，我吊着半残废的胳膊坐在大排档，朋友给我接风。点菜的间隙，我在隔壁报刊亭买了本《花火》。

其实高考以后，大学附近已经很难再看到卖杂志的报刊亭，所以每次在大排档聚会，我都要买一本，久而久之，就成了习惯。

酒过三巡，朋友指着杂志问我："还是想去？"

"一直想去。"我说。

"那就放心去。"朋友举起酒杯，"以后每次回家，都有我们给你接风。"

后来《少女咖啡馆》组稿的时候，我坐在咖啡馆对着键盘和空白文档难过了很长时间。

"我想把这些年我们喝过的酒、吃过的大排档、红过的脸、吵过的架和吵不散的情谊，都写在书里。然后在书的结尾写上：可即使是这样，我们也还在一起。不论别人日后怎样分道扬镳，我们都一直一直在一起。"

这些话那天在大排档我没有说，后来也再没有机会说。

"其实后来你走之后，我们也很少再聚在一起了。"好友似乎是想了很久，"对了，她自杀前两个月举办了婚礼，当时给你打过电话，但你没接。她有些难过，问我，是不是大家，真的回不到以前了。"

那年我来长沙，又悉数断了和大家的联系后，就没想过彼此还会有冰释前嫌的那一天。我看着大家为生计奔波，看着越来越多人被生活磨平棱角，日子终归趋于平静，慢慢地变得俗气又无趣。

风光的少年不再风光，张扬的少女不再张扬。

我们见过彼此意气风发的样子，又怎么甘心看到大家在茶然沮丧中，就过完了这一生。

可我没想过，老友会离世。

有些话，真的来不及说出口。

有些人，真的来不及见最后一面。

我这几年的记忆，越来越差。该忘的和不该忘的，慢慢都不太记得了。

有时也会想，为什么我们现在会变成这样，明明当初我们比谁都要好。

可当我回头再望某年，满目疮痍。

这长长的一生，明明还没有开始。

| 每一帧都是一个故事

—— 《暴裂无声》

夏沅：

清明节看完《暴裂无声》，我热切地向刚从芭堤雅回来的叉妹推荐，叉妹特别不理解地问："你不是说这部片子很压抑吗？"

基调和情节很压抑，但片子也真的是部好片子。

《暴裂无声》是一场演技的较量，也是一个人人性深处天使与恶魔的共存与对立。底层出身的矿业老板，为学校捐赠物资，怕学生受冻，主动取消感谢大会，却在公司养着一群打手，黑吃黑吞下对手的矿业资产，为威胁律师不惜绑架他的女儿。矿工张保民，年轻时暴躁好斗，被人割下舌头，却在得知儿子失踪后，举着照片沿路徒步找儿子，当他意外地发现自己救的是陌生人的女儿时，更是不受煤老板的威胁，最后帮助律师找回了女儿。

"当你凝视深渊时，深渊也在凝视着你。"

因为涉及剧透，我没有办法将这部电影的精彩之处都表述出来。但这部电影绝对算得上近年来国产片的惊喜之作。

这部电影的每一帧都是一个故事，每一个镜头都是一种冲击，如果有机会，希望大家一定去看一看。

在时间之外

○文 / 张美丽

　　我每次写"值班日志"都要拖好久，觉得好难写哦，都不知道该和年轻的你们分享些什么。

　　我今年二十五岁啦，长到这个年纪，世界对我而言好像没有那么新鲜了——这话要被中年人听到了，肯定要笑我的。但在你们这些更年轻的面孔前讲，我完全不虚。

　　这么些年，大部分难堪、晦暗、不甚体面，又或者是惊喜、闪光与柔软的事情，或多或少我都领教过。一开始总是难以接受，被生活锤炼得多了，也逐渐觉得稀松平常，叹息完两声便随它们飞快地被记忆掩盖。用来抵抗世界的精力被我更多地放在了与自我和解这件事上，包括接受一个完整的、矛盾的、破碎的自我。

　　做出这些改变后，生活回馈给了我一颗较之前更宽和的平常心，使人轻盈。

　　除了一件事。

半个月前我对着镜子卸妆，小心抹掉看着显嫩的粉色眼影时，突然发现眼角新长了一条鱼尾纹！它太招摇了你知道吗，虽然只是细细长长的一线，却突兀地长出好大一截，直奔着鬓角冲，吓得一个平日里连洗面奶都用得少的我立马掏出手机，冲正在免税店瞎逛的朋友尖叫："我需要眼霜！！！"

——只要扯上"衰老"，无论我当下多心平气和，都能瞬间跌进烦躁里。

从前很多事情，总是想着再等等呀，等等呀，等着等着人就暗淡了，落了灰，失了色，挪到大太阳底下一抖，精气神也跟着尘埃扑簌簌地往下掉。等我反应过来，才发觉自己已长了一条又一条的皱纹，记忆、学习能力与反应能力都降得厉害，人钝了，生命力肉眼可见地弱下来——那样好看的时候，再也没有了。

于是，只好让自己变温柔点儿，以示珍惜。

具体体现在前一阵和父亲的争吵上（是的，我们现在还老吵架）。父亲是非常古板传统的人，观念守旧，对待我们的忤逆总是下意识地用父亲的威严来镇压。他因为我不肯听从他的建议，越说越生气，训我脾气烈，这里也不好，那里更糟糕。

我没有出声反驳顶撞，或者干脆闷头生气不吭声——从前很多年我都是这样做的，导致越闹越糟，以至于最后无法收场。

也许是之前鱼尾纹的发现，也许是受那一阵在读的关于心理学书籍影响，总之，那个瞬间我的心忽然受到了一股温柔地牵动。我隔着手机，笑嘻嘻地对他说：我哪里有那么差劲嘛，你看，只有你从来不表扬我。

老天爷做证，即便是我自己，也从来没想到有一天我会对父母讲出这样的软话。

电话那头气势突然弱下去一半，可能是从未听过我做这样关于"爱的需求"的表达，一把年纪的老父亲也突然害羞了。他拙言笨语地替自己解释了两句，然后开始顾左右而言他，等我再提起这茬，他不再下命令要求我怎样做，只是叹着气告诉我：他只是希望我好。

那个瞬间，我在空气里闻到了一股软和的情感，如麦香。

——对于害怕年龄这件事的我来说，获得关于爱的表达的勇气，处理与亲爱的人之间的关系技巧的智慧，也是年纪增长带来的一点馈赠吧。

衰老是无法阻止的，你深深地明白。

在未来的三十岁、四十岁、六十岁，你的人生逐渐失去可能性走向单一，脸上会爬上更多的皱纹与疲惫，甚至连你的脸也终将模糊在众人的记忆里，但同时，你也会拥有对人生更深层次的理解，获得一个更强大的自我，一个更广袤的世界。你将一如既往，一手拿玫瑰，一手握利剑去对抗生活。

那么，你在害怕什么呢？

一种无法战胜的未来。

《坠入》|
双线隐喻 & 小女孩瑰丽的想象

张美丽：

　　原本想推荐喜欢的配乐大师——坂本龙一给大家，但是朵爷说太高级了！令人害怕！所以这期推荐一部电影好啦，来自塔西姆·辛导演的《坠入》。

　　这算是有点年头的电影了，2006 年的，讲述的是五岁小女孩救赎一名受伤特技演员的故事。

　　这部电影值得说道的地方很多，比如双线隐喻，比如小女孩瑰丽的想象，再比如精妙的蒙太奇，但我最喜欢的还是它的画面——太美了！不管是配色，还是结构，非常多奇幻的场景和绮丽的色彩，随便截图一张都能做桌面，不知道导演从哪里找到这么多美到令人窒息的地方！第一次看电影截图的时候，就是被里头一个沙漠镜头所吸引，连天的金黄色沙漠盈满了眼眶，镜头远远地拍着，人物是小小一点，骑着马在镜头里缓慢前进，真的很美。最后，李佩斯在里面也是盛世美颜嫩出血！希望有人同我一样喜欢！

182

人间不值得，但你值得

我最近真的忙得焦头烂额。

先是上半年即将结束，五、六月的图书要进行收尾工作。下半年虽然还没开始，但一些流程也必须提前确定。

其次大概是因为我最近健身强度的加大，肠胃出现了问题，身体吃不消，常常在健身途中，跑到厕所吐得昏天暗地。

长沙早早就进入了夏天，五月便烈日中天，闷热的气候更是为最近的生活增添了些许烦躁。

值班日志我拖了两个星期，有时候隔着卧室门，都能感受到隔壁叉妹投来的幽怨眼神。仿佛这一秒我不把值班日志交出去，下一秒她就要去厨房拿工具"解决"了我！

凶悍如我，也心虚得不敢和她对视。

再过五天，就是我来长沙整三年的日子了。驷之过隙，三年一晃而过。

我卧室床头有一个书柜，每上市一本图书和杂志，我都会带回一本没拆封的，放在书柜里保存。一本本算下来，这三年里我做过 27 本图书，30 期杂志。

最近微博有读者私信我：皇后，你做的每一本书，我都买了，每一本，我都喜欢。

还有读者在微博艾特我和叉妹，晒出了我们俩近一年负责的图书，整整三大摞。

我评论她说：无以为报，只能把叉妹送给你了！（叉妹：？？？）

前几天健身完去逛超市，路过生鲜熟食区，和柜台后卖牛排的阿姨对视了一眼，在阿姨殷切期盼的眼神下，我没忍住买了盒牛排。

尽管同行的室友一再提醒我：皇后，你清醒一点，你连黄瓜火腿都能炒煳，煎什么牛排哦！

呵，在我成为大厨的路上，总有几个绊脚石想拖我后腿。

当然了，这块牛排最后还是被我煎了，味道……算了不重要，起码熟了对不对。

我们公司在长沙偏南的位置，离市区有些距离。周末从市区回来，地铁站人山人海，我一时间竟然有点不适应。

大四实习那年，我在河南的省会：郑州。郑州最具代表的特征：堵。每天上班为了避免迟到，常常是公交车转地铁。

穿过拥挤的人群，为全勤奖争分夺秒地狂奔，这三年里，这样的时刻，我一次也再没有过。

那年每每喘着气，在最后一秒摁下指纹打完卡的时候，我都在想，这样的日子什么时候才能结束，我再也不要过这样的生活。

可现在回想起来，那些撑不住、熬不过的日子，咬着牙竟然都过去了。

那不是磨难，是经历。

没有什么是一成不变的吧。

可无论你基于什么初衷，做出怎样的决定，能俯仰无愧，就已经很了不起了。

我曾经看过许知远在《十三邀》采访李诞的那一期节目，两个人坐在北京的一家小餐馆，精神碰撞。李诞说："我的自信来自我随时做好准备烟消云散，我愿意成为烟消云散的一部分。"

那个在《吐槽大会》抖包袱的人，那个调侃说"对不起，是我让你们快乐了"的人，私下也许并没有那么快乐。不然何以发出"人间不值得"这样孤独的见地。

最烦躁的那一天，我也忍不住在微博发出这句话：

"人间不值得"，人间真的太不值得了。

欢喜评论说：人间不值得，你值得。

一瞬间豁然开朗。

是啊，无论人间如何不值得，你值得。

你风光霁月，你值得人间所有的美好。

《光影成歌》|
365 日摄影日记

夏沅：

　　这本书是在我们小组经常开会的咖啡店里发现的，当时只觉得书名好听，满满的岁月感，后来随手翻了几页，立刻被书里一张张惊艳的摄影作品所吸引，当下便决定买来收藏。

　　这本书的作者是一位英国留学生，在他留学倒计时一年的时候，决定拍摄一组"365 日摄影日记"。不论当天拍摄过多少张照片，最后都只能从中选择一张，为期一年。

　　无论是英国街头有名的红色巴士，还是夕阳余晖下的牛津大学，又或是大片薰衣草盛开的庄园和伦敦华灯初上的夜晚，这些英国经典的景象你都可以在这本书里找到。

　　而我之所以喜欢这本书，不仅是因为这本书为我带来过的震撼，更是源于作者对自己喜欢的事物的坚持。

和你相遇在那条漫长的河流里

○文／叉叉

我有写日记的习惯，从流水账到满腔惆怅，也不过几年时间，从此便都未停歇，一直写到了现在。前年过年的时候，我将所有尚存的日记打包带到了长沙的租房里，然后花了整整一个晚上的时间整理。

整理东西这回事儿，通常都不会是将一样东西从一个箱子放进另一个箱子这样简单，于是不可避免的，我翻开一本又一本过去的日记，任自己忘却时间，完完全全陷入回忆里。

好的坏的，都是我的。

我的日记从小学一年级记起，大多是流水账，记了许多我早已忘记的啼笑皆非的故事，譬如某天写数学卷子将老师还未布置的题提前写完了，于是垂头丧气地在"今日反省"这样的栏目上写道："太粗心！"周日去山上玩得一身泥，也要一笔一画写在日记上："今天和×××一起去秘密基地。"

秘密基地是无人的后山，是荒废的足球场，是饮水厂的后院，是居民楼的夹缝里……我都忘了我们小时候的娱乐活动竟有这样多。我们在后山玩侦探游戏，认真分析发现的塑料袋里曾经装过什么东西，编造了许多惊悚的故事；我们用砖头和泥砌了灶，烤了好吃的火腿肠和牛肉干……被附近的大妈看到后一顿好骂；还有那些堪比007的暗号和名字缩写，老实说，我已经忘得干干净净了。

不过即便是十年前的我也很了解自己，所以才会在日记的最后一页神神秘秘地写上每个缩写背后的秘密。哇，我忍不住往日记本里夹了一个小字条："不愧是我自己！很有先见之明！"

正在整理日记的我拿着那张字条，忽然觉得自己像某个穿越电影的女主角。

"是呀。"我又写了一张新的字条，"很有先见之明。"

和过去的自己对话，也是过去就喜欢玩的游戏。

其实要认认真真地看完从前的日记，需要非常大的勇气。

倒也不是"面对自己"这样大的命题——天知道那个非主流的时代，在日记里不好好写中文的我是怎么想的，才会让多年后回看的我分外羞耻。

那时候做过不少傻事，总让看日记的我有些懊恼地自言自语："到底在想什么啊！"写很多过了时宜的好笑的事情，还是可以让现在的我在半夜笑得打滚。

也是写日记的原因，我对日期总是很敏感，2007 年 4 月的某一个晴天，痛哭了一整晚；2008 年的冬天，固执又倔强地站在冷风里想要个答案；2009 年、2010 年……时间无论倒回去还是一路往前，日记里写得清清楚楚的故事都不能抵赖，开心的、难过的、冒着傻气的、不忍回看的……动不动要说一生，总是会心灰意冷。

字迹也代表着我的情绪，原本就写得潦草，愤怒的时候墨都要透过纸背；细小又整齐的篇章，想必是时间充裕的时候，用心写下的。

如果要透过那些字句来揣测过去的自己，总是会有些难堪的，因为那就像是一个隔着时空的陌生的大人，非要给那个幼稚的小孩一个评判。

所以每个翻看日记的夜晚，我总是难以入睡，辗转反侧直到天光。

我想要一个梦境，想要穿越回很久很久以前，想要抢在那些凌乱又伤怀的字迹之前对她说："别这样别这样，我看到了以后。"

想对我自己说，可是那不公平。

我写过很多让自己难堪的句子，譬如"多年后，我们也一定会……"，譬如"这一生，我……"……好像人越年轻的时候，就越爱书写宏大的命题。

好在，大概是我已比从前成熟许多，所以已经可以做到在翻看这些笨拙又稚嫩的誓言时可以心平气和。还有些时候，我会忍不住想，那个傻气又坚持的自己当时也很快乐，我其实很清楚的，只是我忘了。

即便许多坚持最后都走入了绝境，到最后总是狼狈不堪——总发誓下次不许再这样狼狈不堪。可是我也无法评判对错，毕竟那时候的我是那样真心地认为我的坚持是正确的，并且为之快乐过。

我从前总想成为一个很从容的人，对什么都不会过分在意，我也写过平缓又温和的句子，仿佛像所有人一样，最终总会走向那个与世界握手言和的结局。

电影《阳光姐妹淘》中，长大后的女主角终于找到青春时期暗恋过的学长，她留下一幅画给那个早已不再少年的人，没有多说一句话转身离开。

回程，熟悉的音乐响起，是她年轻时也喜欢听的那一首歌。所以记忆的闸门又"咻"地拉开，将那个暗恋破碎、在这条路上哭得稀里哗啦的小女孩忽然带到了她的面前。

她们看着彼此，她们拥抱彼此。

我大概不会拥抱从前的自己——那太肉麻啦，在电影里感动观众就够了；我也不会要和谁和解，我猜我不会愿意和任何人和解。

无论是 13 岁、17 岁还是 22 岁，我始终是那个独立的个体，如果有一天我们终将遇见，在那条生命的长河里，无论背景音乐是抒情的小提琴还是朋克的摇滚乐，我想我们也只会像多年未见的老友，如常地挥挥手。

我会先发制人，语带不屑地说你只是个幼稚又爱逞强的小孩；你也大可笑我，活得老气又平庸，一点都不像你想的未来那样轰轰烈烈。

可我们都不会责怪，都不要责怪，彼此没能变成自己想要的样子，甚至相差甚远。

张爱玲在《倾城之恋》里写道："如果你认识从前的我，或许会原谅现在的我。"

如果，如果你见到现在的我，如果我见到从前的你，我会想要告诉你的是——谢谢这样的你，才有了现在的我。

我不怪那些张牙舞爪的过去了，我不在意那些愚蠢造就的伤口了，我不再竖满只针对我一个人的刺了，我也不会拥抱你，想都别想。

我要向前走了，邀请那个曾经陷在回忆里都走不动的你，也邀请那个脆弱又傻气的稚嫩的你。

那条漫长的河流里，我们还要与更多的自己相遇。

我的日记，这一次要由新的你来翻阅啦。

Gudak Cam|
可以"洗胶片"的相机 APP

叉叉：

作为一个形式感极其强烈的人，Gudak Cam 这款相机 APP 的设置简直让我欲罢不能——仿胶片机的色调、意想不到的漏光效果，以及需要耐心等待三天，照片才能被"洗"出来。

打开这款相机 APP，就会看到一个小小的取景器的界面，完全的傻瓜操作。一卷胶片有二十四张，拍的时候是无法得知具体效果的，只有在一卷拍摄完毕的三天后，才能在相册里看到这些"胶片"style 的照片。

于是，在大家都不知情（大家：？！）的情况下，我拍下了少女们在地铁隧道里行走的背影、一起逛超市时超市的照片、夜晚长沙的末班车、淅淅沥沥的小雨。

现在是 2018 年，但这款 APP 却带着现在的风景穿越到许久以前，就像电影里路边突然出现的复古照相馆一样，每一张照片都是带着旧回忆的新故事。

听起来是不是很酷！如果你觉得时间太久，还可以在退出后台后把手机时间调到三天后，迅速预览照片哦！

出镜：朵爷

我们没有不知不觉

○文 / 朵爷

催稿叉恶狠狠地在 QQ 上发来消息：朵爷，隔壁组一月刊都出片了！你还没交十二月的稿！

我疑惑地看了看右下角的日期，呵，明明才十一月中旬，隔壁组是要赶尽杀绝吗？

她毫不留情：是你太慢了。

我的天，做期刊真是一件……不可理喻的事。

明明才十一月，却已经在做一月的刊了——新年的字体要选红色，封面拟定了新的浪漫的主题，审核互动内容的时候看到了"朵爷就要三十一"（一派胡言）……

就像现在，即便我再怎么拖稿，这篇专栏出现的时候也快到真正的年末了。

时间在我们这里，简直是海市蜃楼啊，虚虚晃晃之间，甚至都不知道今夕是何夕。

不过我也习惯了这样，也偶尔会觉得它很奇妙，就好像我们这些人坐上了最先去往未来的那趟航班，好早一点点做好迎接你们的准备。

讲起来，"未来"这个词也算是有些悲伤的——可能取决于我是一个悲观的人。

我年少的时候，会寄所有的希望于遥远的某一天，眼前的一切逍遥也好，庸碌也罢，都是年轻人该拥有的自由嘛，怕什么呢？我们还有未来可期许，那些该有的东西总会和时间一起到来。

但我到了往后一些的年纪，就逐渐不再想这些，憧憬啊，美梦啊，都很少再有了，当然，也不敢怠慢现在。

毕竟，名叫"未来"的这样东西，它离我们越来越近，近到我似乎能看见，我今天的样子，就是我未来的样子。

人生会是一条越来越荒芜的路吧。

我们前面看漂亮风景，也伸手拾一些景色装扮后来。

十一月，著名作家金庸先生逝世了，对于八〇年代生的那批读者来说，那个江湖时代也彻底远去了。

我读书的时候很少读金庸，倒是看过一堆古龙，金庸先生的代表作连成的那句诗——"飞雪连天射白鹿"，我永远也说不出下一句。

我当时的好朋友是金庸迷，她总是把书本重重地敲在我桌上，怒其不争地吼我："是'笑书神侠倚碧鸳'啊！"

因为很难体会其意义，我依旧记不住，后来我那位朋友就开始自我安抚：你也不是书迷，算了算了。

先生走的消息出来之后，沉寂许久的朋友在微信里唏嘘："四海列国，千秋万载，只有一个阿朱。"

也只有一个金大侠。

朋友现在是老师，生了小孩儿，生活自顾不暇，自然很少会出现年轻时的快意恩仇。她失落地和我说，读书的时候晚自习总是偷看小说，可是现在很多东西都忘记了，唯独只记得零星点点。

讲起来，都不知道是在缅怀大侠，还是在缅怀青春。

我们这帮年过三十的中年人，确实到了会经常讨论这些过往的时候了。

想起很小很小的时候，我住在外婆家，我爸妈在外地工作，因为外婆家连电话都没有，那时候的我，每个月都会和我爸妈写一封信。

大概小学一年级吧，我会写的字也不太多，经常会在信里夹带着拼音，而且每次写的内容大相径庭，却乐此不疲。

爸妈的来信却有很多内容，一小半是给我，一大半是给外婆。外婆也不识字，所以那时候我舅舅总是晚上过来给我们念信，我搬个小板凳坐在旁边听得非常认真。

这个月他们发了多少钱，还了多少债，见到了某某某，给我们买了什么礼物年底带回……

零零散散的，像是凑满了他们一个月的生活。我也似懂非懂。但那样的夜晚，是五岁时的我，最期盼，也最喜欢的时光。

我们常常说起这些东西，小时候，因为没有网络，我们所开心和难过的范畴，也不过是方圆之内能触碰的小小世界。

没料到后来这些年，我们看见、听见了全世界，得到了许多惊喜，哇，原来我们可以和自己的偶像对上话，去往遥不可及的地方。

却也惊觉，原来那些你曾认为永远不会离开的人会离开。

你身上永远不会消失的灵气、美貌、才华、梦想、勇敢……都有可能慢慢褪去。

我们天真无邪的十几岁光阴里，怎么也想不到吧，未来的某一天起，我们的一生会与期许的大不相同。

但还好，我们还在途中，没有不知不觉。

《鱼羊野史》|

"在此时此刻拨云见日"

朵爷：

讲实话，我是很喜欢高晓松的，看过他一些节目，谈吐之间是一定会被他因学识而带来的观点征服的。"腹有诗书气自华"，大抵讲的就是这种人。这本书源于高晓松的一档电视节目《历史的今天》，里面有许多故事都让我印象深刻。

但印象最深刻的是，高晓松讲郑和一生七次下西洋，最后一次，他走了之后再也没有回来。他在临走之前，下了船，拔下自己的牙齿交给跟随他一生的亲信。然后，他留下一句"就说我死了吧"，便毅然离开。

历史上从此再无此人，在我们所知的故事里，郑和一生从此结束。

　　而当我读到某一段，他说，"我猜他一定从那里出发，一路朝着麦加城走去。我特别希望郑和垂垂老朽，六十多岁、七十多岁的郑和最后走到麦加，摸到了他心中神圣的支柱，实现了一生的信仰。"不知怎么的，在那一刻，我居然有点想哭。

　　高晓松的"生活不止眼前的苟且，还有诗与远方"被大家讲了千万遍，但对于许多人来说，兴许只是冠冕堂皇的一句话，而对于他来说却是实实在在的信仰。

　　我想他和郑和在某些方面是相同的吧，所以才会有惺惺相惜的感动。而我在读这本书的时候，读这些故事的时候，感觉得到内心深处有一些东西，尘封已久，却在此时此刻拨云见日。

《圣女的救济》|

"她是恶女，也是圣女"

朵爷：

东野圭吾的大名没人不知道，我曾经有好几个假期大门不出就窝在家里看他的作品。我弟有在我的书柜摸书看的习惯，有一次我给他推荐推理小说，他淡淡地跟我说："你不知道你这儿全部的东野圭吾都被我一本一本摸回去看完了？"

他最知名的那几本《白夜行》《恶意》《嫌疑人 X 的献身》《解忧杂货铺》等等已经无须再赘述，但如果有人再让我推荐一本他的书，我一般会说，看看《圣女的救济》吧。

不同于其他作品，这本书相对来说真的太简单，故事情节简单，背景单一，写法明朗到甚至有读者会埋怨"为什么要写得这么细"。而书中的作案手法被告知以后，你可能会想"居然就这样"。

　　这本书讲述的是一个妻子以"完美犯罪"杀害了丈夫的故事。有人说，世界上最绝望的爱情是因爱生恨。这位深爱丈夫的妻子，她的一生都在呵护自己的丈夫，即使是从她开始难过的那天起，也依旧等待着有一天自己不用做出最残忍的决定。

　　她是恶女，也是圣女。我们在阅读它的时候，觉得失望，觉得悲伤，觉得怜悯，觉得抑郁，都是因为看见了主人公身上背负的沉重的爱。

那些生活教给我的事

○文 / 张美丽

一个日光倾倒的午后，朵爷站在我对面泡奶茶，问："那个稿子你看得怎么样了？"

"还好吧。"我说，"本来觉得很难看，现在看了太多遍，觉得……"

"更难看了对不对？"朵爷开玩笑道。

"哈哈，没有，就……勉强能接受了。"

"妥协了吧？你看，生活就是这样，不断地处在妥协里对不对？"说着，朵爷抱着她的奶茶回去了，话却让我回味了半天。

生活是这样子啊，不如诗。

一个普通的工作日下班后，我去楼下蛋糕店给自己挑了个小蛋糕，然后回家，边吃边看电影，安静地过完了二十三岁生日。相比十几岁过生日时和大家聚在一起的热闹，如今的状态似乎更让自己感觉舒服。

我十五六岁的时候特别生猛，想要的很多，要闪亮的裙子和化妆品，要钢琴和吉他，要许多许多朋友，要明亮的梦想，要远方和诗，要爱，要钱，要美好和快乐。我的日记里记下的都是现在读来有些可笑又可爱的理想主义，对世界充满了好奇与热忱，常常大放厥词，可恶却快活得不得了。

那时候想象自己的二十二三岁，应该有一份体面的工作，也组建了自己的家庭，日子过得熨帖又流畅，永远地生猛下去。

但生活没有让我顺遂。当世界掀开了它的一角，我才发现，它一点都不酷。

于是很长一段时间，我陷在抑郁的情绪里出不来，天天处在绝望之中。每天都轻易被一些小事莫名其妙地打败，比如打扫，比如吃饭或是睡觉，那些从前坚信的东西崩溃得不成形。我怎么也不明白，生活怎么能让人一呼一吸都这么疲惫。

于是，我给自己放了一个长假，过上了十一点起床，等我妈下班煮饭吃饭刷社交网站，直到每一个网站都没有动态更新，再开始躺在床上发呆的日子。我每天花非常多的时间望着天花板，听自己的呼吸声，脑子里没有任何只言片语。也是从那时候开始，我丧失了表达欲，写不出东西来。

这对一个要和文字打交道的人来说，实在是一件噩梦般的事情。

可能是经历过这样一个灰败的阶段，当我从这样的情绪里走出来后，一些从前被忽视的细节反而变得异常温暖。

然后就仿佛打开了第三只发现美的眼睛。

春天的花，秋天的月，夏夜的凉风，冬天的雪，每一个都令人欣喜。这些孕育在大自然里的力量，原始而纯粹，淡化了生活的戾气，成了生命里的欢喜馈赠。

直到这时，我才开始真真切切地明白生活。

一开始因为无知，无所畏惧地在长辈打下的小天地里横冲直撞，所以快活。后来失去了父母的庇护，暴露在复杂的世界里，轻易被打倒后便被灰尘蒙蔽了双眼，只看得到坏的、丑陋的、消极的，忘了所有的春花秋月和凉风冬雪。

而在成长的这几年，经历了父母的老去、亲人的病痛、经济的窘迫后，我终于体悟到，其实生活一直是这样的。她静静地立在那里，无所表达。矛盾又简单，残酷又温情，有多丑恶就有多美好。

今年我二十四岁，除了工作，什么都没有。日子过得促狭又混乱，但捡回了曾经丢弃在疲惫生活里的英雄梦想。

生活不如诗又有什么关系呢？

我们依然在顽强地生存且生活着。撕去伪善的面具，这个世界依然在大踏步朝前。永远有人在失去，在受难，在经历生离死别；也永远有新鲜的面孔出现，有新枝在抽芽，有苦难开出花。那些禁忌与灰暗，都将成为昨日旧往。

生活的勇士，将不惧怕，横刀立马，浩气千山。

| 心目中的韩剧前三

——《请回答1988》

张美丽：

　　这部《请回答1988》是整个"请回答"系列里我最爱的一部，能排进我心目中韩剧前三！

　　这是一部主打邻里情和亲情的怀旧青春剧，围绕着住在双门洞的五家人展开。当然，里面的爱情线和友情线也是必不可少的啦。

　　可能年纪大了，我对这种怀旧戏真的毫无抵抗力，特别是它还集笑点、泪点、萌点于一体的时候。剧里对感情的刻画非常细腻，戳人的小细节数不过来，让整部剧接地气又有情怀。明明是讲一九九八年在韩国上演的故事，但我这种远在中国的○○后（不要脸！）少女居然也找到了共鸣。特别是看到张国荣、王祖贤等人作为剧情素材出现的时候，惊喜哦！编剧可以说是非常厉害了！

　　不过编剧也有淘气的一点，一直故弄玄虚让大家在阿泽和狗焕两人中间猜老公，还好我站对了CP（情侣），不然可能要气得一个月吃不下饭。力荐！

Unsplash|

提供免费素材的干货网站

 **Unsplash**

 张美丽：

　　作为一个啥事都要干一点的编辑，工作中常要用到美美的图片来做宣传。但因为我们要做商用，而图片很多都是有版权的，所以，有时做一个很小的宣传也需要去一个个联系版权作者，过程极其麻烦且耽误时间。好在，网络上有很多作者愿意将自己的作品分享出来，并为大家提供免费的图片使用权，为我们的工作提供了相当大的便利。

　　Unsplash 就是这样一个提供免费摄影图片的网站。第一次点开它，我简直要喜极而泣！因为很多免费图片的网站，大多是提供些素材、像素不高或者风格老旧、过时的图片，但是 Unsplash 上的照片质量都很高，图美，像素也高，打印出来做装饰画也完全没问题。想为提供图片的各位大佬及网站方按摩捶腿！你们辛苦了！

206

凛冽碎片

○文 / 王小明

1 猫

前不久，校对跟我聊稿子时随手发了一张她养的猫们的照片。我看了看，其中两只的花色有些眼熟，于是去网盘里找了很久，找到了几年前南京室友拍的猫咪照片发给校对。

她问："那它们现在怎么样了？"

我忽然被问住了，愣了一会儿才发现，原来室友已经很久没有发过与猫相关的动态了。

离开南京后，我最想念的就是这两只猫咪。

柔软温热的小动物总是很招人喜爱，我也无法免俗。但与之产生了真正的情感联结的,除了幼时养过的一只小黑狗，就只有它们了。

刚被室友领养回来时，它们还是警惕的小奶猫，被看一眼都要龇牙咧嘴地吓唬人。

我下班到家最早，和猫相处的时间也最多，看着它们渐渐长大，与人亲近，变得爱蹭腿求抚摸。

心情不好的时候，我喜欢一个人蹲在门口看它们在院子里疯跑，在猫窝里打盹，不知不觉，一个多钟头就过去了。

离开南京的那一天，我提着打包好的行李，特别想问问它们要不要跟我一起走。

② 酒

去南京的决定是我和好友聊天的某个瞬间稀里糊涂做下的。

在此之前，我与这座城市唯一的交集是一次家族旅行中过来游览了一天。除了在街头学到一句"你有毛病啊"的南京话版本（并在大学室友面前模仿了一个月），南京几乎没有给我留下什么深刻的印象。

我怀抱着一股好笑的稚气，每当有人不解地问为什么会选择在这里工作，我都天真地笑笑：毕业后想过来找好朋友玩玩的，顺便给几家公司投了简历，就留下来了。

自己还曾大言不惭地跟另一个朋友这样说过：不想被城市限制住，去想去的地方待上一两年就当顺便工作了。

嚯，听上去可真洒脱。

说得自己像个会努力游览城市风光的人一样，但事实并非如此。

以我不爱出门的性子，待在南京的那一年多时间里其实有大半都宅在家。住一起的朋友P常加班，刚开始，我俩会趁她休息的周日去看电影、喝咖啡、逛超市，但几乎没有一起约出去游玩过。

　　南京几个有名的景点和餐厅，还是因为有个堂姐过来谈生意，顺便跟我见面，在她的带领下我才好好地逛、吃了一番。短短两天时间，我却还保留着其中不少琐碎的记忆。比如南京菜偏甜口，红烧肉、小龙虾和糯米藕都是甜津津的，由于糖分摄取过多，一个周末过去，我的脸颊上冒出了一颗痘痘。

　　终于算得上出游的一次，是在二〇一六年的清明假期。

　　四月的江南很好看，好友D来找我和P玩。

　　我们在南京逛了几处景点，想到"烟花三月下扬州"，又想去扬州看风景。

　　行程是临时决定的，旅游高峰期订不到酒店和民宿，我们干脆决定早上过去，晚上回来。

　　扬州很好看。

　　园林和流水在细雨中更添一份婉约，树木、花草郁郁葱葱的，石阶和假山上落满粉色的花瓣。

　　那天降温，穿短裙的我和P被冻得发抖，之所以记得这么清楚，是因为一路上有好几个陌生人笑着问我们"冷不冷"。

　　在富春茶社吃早茶，我第一次见识这样奇异的光景：座位要靠自己眼疾手快去占领；来自天南地北的陌生食客同桌用餐；最重要的是……这是我首次吃早餐超过人均一百块。

下午逛累了，我们随便走进瘦西湖边一家很有氛围的饭店用餐，发现出人意料的平价（简直可以说是廉价）和好吃。

提着在东关街买来的桂花酒、杨梅酒等回南京后，地铁上有几个外国男生跟我们聊天，我们却因为贫乏的英文词汇量无法好好向他们说明这些漂亮的瓶子里分别都是什么酒……

总之，这场仓促的出游，竟也留下了不少温温柔柔又有些特别的回忆。

扬州之行两个月后，我和 P 搬进了一个带院子的房子。

刚搬进新家没两天，还不熟的一个室突然问我晚上要不要一起去看一场歌手临时决定、临时通知的 Live 演出，不需要门票，有截止时间。

她喜欢的这位歌手很有名，但我从没听过他的歌，不知道是民谣还是摇滚，却还是兴奋地一起打车过去了。场地附近的路口全是车，大片的年轻人往同一个方向疾走或小跑。虽然时间还够，我们最后却也因为满场没能进去。然而那晚擦肩而过了许多好看的男孩女孩，让人分外开心。

③ 风

仔细想想，其实开心的回忆并不多，翻来覆去也只有那几件可讲。

我那时常常被坏情绪浸透。

住一起的 P，也是我在南京唯一的朋友，因为工作和恋情无暇顾及我，我常常要一个人过中秋等各种节日。工作性质和自己的性格导致我不会去主动结交新朋友，而要好的同事安娜和我住在城市南北两端，周末很少能约出门。

最初，我被公司华丽的包装吸引，工作不算忙，但没有发展前景，我常常要做很多不喜欢做的事情，每天产出一些无聊的内容，做的杂事也越来越多。

从各方面来说，我在离家千里的城市过着毫无意义的生活——这个认知让我感到沮丧。

甚至，我与P的关系也变得僵硬无趣。

曾经我们离得很远，大四我还待在长沙上课，她已经离开武汉的学校提前去南京的设计公司实习。

我下课后吃着热乎乎的红薯饼，她刚下班坐着公交车回很远的出租房；我刚结束一段学校组织的实习，深夜正和同学吃着夜宵哼着歌，她在加完班回家的路上因为害怕给我打电话壮胆。

我和P都没有想到，以前大家在假期里挤时间聚会都觉得不够尽兴，真正一起生活却没有让我们更亲密，日常琐事里偶尔的摩擦和郁结像一股反作用力，把人推远。

P有了自己充实的生活，也许不再记得曾在深夜带着哭腔跟我说，她害怕那条没有路灯的巷子和吠声激烈的大狗。

我为她感到高兴，也为自己随随便便跳下深井而懊丧。

我有时想，从我刚到南京却发现她定好的住所出现变故从而引发的一切波折开始，注定了这是我人生中一场错误的旅途。

但是，就此离开，会不会太失败了？像是落荒而逃。

天气开始变冷的时候，我一直在为留在南京或回到长沙而踌躇，踌躇得每天和猫说话，它们不得已接收了我许多的情绪废料，好在听不懂，依然愿意在我的脚边打滚。

有一晚，院子里的风很凉，身体被风吹过的瞬间像是一团湿闷的棉花被吹干。深吸气时，我仿佛能乘着风，把自己化在空气里。

回到房间，我想起自己曾经说过的话，不由得笑了起来。

"不想被城市限制住"这句话现在再看还是很天真，当时的情境下想起来就有种豁然开朗的感觉。

原本就没有打算在这里落地生根的我，明明也没有什么好失去的，却不自觉地给自己画地为牢了。

这场旅途是时候在这里结束了吧。

4 梦

刚离开南京时，我感觉就像是脱离了一场噩梦，除了每天都很想念猫。

我希望室友在朋友圈多发它们的照片，想念得紧了，还想和它们视频。虽然室友笑着说"可以"，但我没有真的操作——一部分是因为不好意思，更多的是害怕它们表现出完全忘记我的样子。

时间过得久了，我在和别人聊天时偶尔也会提到它们，却第一次听到有人问我，那它们现在怎么样了。

我去翻室友的朋友圈，发现她最后一次晒猫是前年的今天。

我一丝去问问它们近况的勇气都没有。

这两年的时间竟然过得这么快吗？我一点也没意识到有这

么久没看见过曾经朝思暮想的猫。

我还记得半夜给它们铲完屎被臭得精神恍惚，也记得一个人流泪时它们带给我的触碰和温热——有一次尤为难过，下班回家给两只猫倒好猫粮，我蹲在地上忽然崩溃，隐忍许久的情绪在无人时彻底爆发，对着空气张大嘴，失声痛哭。

本该饿得不行、狼吞虎咽的猫，吃了几口食后，目瞪口呆地盯着我。

我感到有些不好意思，闭上嘴小声呜咽，过了一会儿，其中黏人的一只走到我身边，用柔软光滑的皮毛蹭我的小腿和手臂。

我眼泪还没流完，心脏又为此变得酸软，哭得更加厉害。

回忆里灰暗的时光越发褪色，不开心的事情像是被刻意遗忘了，记不清前因后果。细小的快乐则变成一块块闪闪发光的碎片，像星光一样洒落在地。

这场曾经让我后悔的旅途不再那么面目可憎。

几年前那个去扬州的前一晚，三个人避开密密麻麻的人群，在南京市区乱走乱逛到很晚，路过一家小店，远远能看见二楼窗口的猫。

我们驻足拍完猫，天空下起了细细密密的雨。

明明已经很累，但又感觉一切都在这场小雨下变得湿淋淋又软乎乎的——我偶尔翻到那晚随手拍下的照片，好像还能体会到当时的清爽和快乐。

我和P周日观影时喝的每一杯冰咖啡、吃的每一份炸鱼薯条，夜里干杯的每一罐啤酒都带给过我们对视而笑的满足。

我和许多年没有联系的堂姐有机会在南京街头散步聊天，第一次为吃一家网红餐厅与安娜排号七小时，因别人一句"小心"带来的心动，都是因为有这一趟旅途才得以发生。

爬过的山，看过的云，淋过的雨，都像四月的扬州风景一样那么灿烂。

这些碎片在这场五百天的旅途中只占一小部分，却足够鲜活，不被遗忘。

我发现能给予这场旅途最好的结果，就是不去抹杀它的意义。

它给过我难过和痛苦，我不想美化痛苦，我选择从中离开，就是因为无法适应。同时，它带给过我快乐，快乐长久地存在于我的回忆里，就是我如今能感受到的意义。

离开南京后，我和P的关系恢复如初。这几年我们小小的好友圈里发生的最大的事就是，D结婚了；D怀孕了；D生子了。

我们能聚齐的机会不多，时间有限，更显宝贵。

D刚结婚的次年春节假期，我和P晚上九点从她新家出来，路上感觉实在不舍，又约好洗漱后各自带着夜宵回到D家继续聊天、喝酒、玩游戏。

那晚的果酒、卤味和《大富翁》也作为生活中温柔的碎片，和扬州的园林与湖水一同留存在我的人生中。

只是，如果有机会，我还想抱抱陈发财和陈富贵这两只小猫。

王小明:

你可能没有看过这部纪录片，但你也许看到过"一些企鹅决定走上犯罪的道路"的表情包。

《冰冻星球》是 BBC（英国广播公司）与探索频道及英国公开大学联合制作的自然纪录片（摘自百度百科），主要拍摄内容是极地。

有段时间沉迷自然纪录片，我发现好的自然纪录片非但不无聊、冗长，反而能获得尤为奇妙的体验。

我曾经在海洋馆透过玻璃看过真正的企鹅——局限的场地中零零星星几只，都显得脏兮兮的，不知是不是投入了太多自己的感情，还觉得它们有些呆滞。我不忍再多看一眼，总觉得它们不该是这样的。后来看《冰冻星球》，我发现里面的企鹅活泼逗趣得很，会懒得走路用肚子在冰上滑行；会看眼色去偷同伴捡到的漂亮石头；在水里像箭一样穿行……

当然，自然界的法则也很残酷，一不小心就会沦为其他动物的一顿美食，或者常常面临饿死或冻死的危机。自然纪录片把所有的美好和残酷都摊在你面前，让人看到后面极地环境的变化，心情也会变得沉重。

南极和北极大概是很多人一生都不会踏足的地方，现在我们却可以通过这样精良的制作，跟随镜头，去好好地了解它。其他自然纪录片如《蓝色星球》也还在我的观影清单中，像我这样不爱出门却有很多好奇心的人简直想为它们买上一台投影仪好好感受其中的壮阔和波澜了。

我随便写写，你随便看看

○文 / 叉叉

　　写这篇文章之前，我去翻了一下我年少无知时写的简介，关于文字那栏写得轰轰烈烈，大有将生命与热血都献给写字之意。虽然说起来有些好笑，但是年少的我却一直将其奉行着，什么都可以排第二，写字不行。

　　不疯魔的话，大抵都难挨艰难的漫漫长日。

　　时隔多年，我在某个门户网站上的简介已然改变，其中最赫然的一条便是："喜欢写字，以前作生命，现在不过尔尔。"

　　那些从前让我偏执到试图同归于尽的热烈，早已在岁月的长河中消失殆尽，我再没有那样不顾一切的勇气和咬断牙齿的坚持。

　　就像每一个曾认为自己永远不会变的人那样——我变了，我勇于承认。

①

满周岁的时候，我跨越重重障碍，抓了一支笔。

这是后来我妈告诉我的，那时候的我已经写字许久，只是握笔的姿势始终不够好，所以在手指与笔头反复地摩擦之后，我右手的中指和食指严重变形，它们总是突兀地出现在别人的视野里，倒是无意间成了我坚持写字多年的证据。

那时候我爸妈也写东西，他们甚至会为某篇故事的情节争吵，男人笔下的故事总和女人不同，爸爸的笔下有家乡、有江湖、有棋盘上的人生，妈妈的笔下有灯火、有人烟、有艰辛童年的苦痛。

我脑海里的"家"，由他们的笔而来。

不知是从哪一天开始，他们突然都不再写字，大抵是工作繁忙，又或许是因为我渐渐长大。也是从那天起，我像是突然接过了他们手里的笔，从磕磕绊绊的字句，到渐渐丰满的架构，一切都是从那天起。

我看书颇杂，总有一些不切实际的幻想，其他人觉得缥缈的，我偏要放在心上。我幻想过自己是某个衰落帮派失散的老大，接过扳指的那刻，沉着的我像是早就料到般走向王座；我还为武侠世界里的自己编造过长长的家谱，旁系、支系、历史、未来……都清清楚楚。每一个故事里的原型都是我，也只能是我，我无法写出别人的故事，我那时写下的所有句子，都是完完全全把自己剖开给人看的。

那个大家族的故事最后随着小学毕业而流落民间，辛辛苦苦写完一卷的我，安排了女主角在断崖边纵身一跃的节点。在那之后的剧情里，她会假装失忆去另一座城市，想要以普通人的身份重新开始，可她身负家族的重任，又怎能真正做个普通人呢。

那是我心里最炫酷的世界，他们谁也不会懂。

②

初中的时候，我一厢情愿地在班里建了一个文学社。

我自封社长，社员是班里和我要好的几人，他们中间有人从未写过小说，也有人只停在"只想看看"的门前便不再向前。我给她们出主意取笔名，规定按频率完成写文的任务，自告奋勇地给人改稿……那时候的我不知道遇见喜欢的人会怎么样，但我知道，我在做着我喜欢的事时，眼睛都会发光。

前年过年的时候，我在家清理旧物，意外翻出了我当时写下的"文学社社员簿"，好笑的是，连我自己都忘了，原来我曾差点把整个班的人都拉入伙。本子上的名字密密麻麻，大概有人在我的强迫之下写了一个连自己都不记得的笔名吧——也只用过那一次的笔名，我看着满目的陌生名字，怎么样都想不起谁是谁。

有一天，我无意间看到同学 Y 的留言，我还记得他的笔名，我们给他取的——稻草人。

稻草人写道：你还记得那时候你组织我们给杂志投稿吗？虽然后来没有过，你还给我改稿。他还说，有一次杂志举行活动，我被抽中去了编辑部，我想起你以前还让我投过稿，突然觉得很神奇。

那一次改稿——我还记得，那个年代我们都是手写稿件，稻草人先是在笔记本上写了一遍，我们不满意，改了又改，最后他将早已改得面目全非的故事又工工整整地誊在了信纸上，我将稿子装进信封投了出去，此后都是忐忑又漫长的等待。

某一天，语文老师站在走廊上向我们挥挥手，说有稻草人的信，我们一溜小跑领过信，突然觉得信封有些熟悉。

我们根本没有成功寄出去，那封信被邮局直接退回来了。

3

办文学社、办电子杂志、做手制刊物……那些年，我做过很多这样的事儿，每一次都轰轰烈烈，但是却都没有结局。

好像是有一天我突然领悟到，写字其实是一件很私人的事情，我总是渴求和志同道合的同伴并肩战斗，也是因为害怕只有我一个人坚持。

害怕我一个人无法坚持。

这是很久之后我才明白的，因为那时候的我，仍旧觉得写字是孤独的。我当然会牺牲我的情绪、我的生活、我的故事，只要观众满意就可以了，我都没有关系的。

很多个寂寥的长夜，异常清醒的我坐在房间的角落里看着窗外，我想要流泪，就那么一瞬间，我意识到我应该珍惜这个想要流泪的时刻。

我迅速爬起身，从枕头下拿出本子和笔，偷偷打开了床头的灯。外面的月亮真圆呀，我在昏暗的光线下奋笔疾书，每一分悲伤都不能是多余的。

它们会藏进我潦草写下的字里行间里，在多年后被我重新翻阅时又光洁如新。悲伤和文字是互相成就的，文字和我是互相成就的。

如果要写出动人的文字，必须先经受挫折与苦难——那么我愿意。

④

当然会有那样的时刻，写了一篇让自己极其不满意的东西的时候，就会迅速地对自己失望。

全盘否定自己——这是我至今都无法左右的习惯之一，它们会迫使我放大那些细小的情绪，直到它们膨胀成无法愈合的黑洞。

也会有这样的时刻，某天翻阅从前的自己写下的句子，会突然眼前一亮，觉得那个句子真是写得奇妙极了。那是后来的我无法做到的，那个让我自己都肯定的、称作"灵气"的东西只存在于那时的那个句子里，已不可考。

"当时的你是怎样想的呢？"我无声地问自己。然而那也是十年前的事了，是的，连回忆都是。我推翻自己的速度总是非常、非常之快，而这速度随着年龄越发加剧。往往是我开始写一篇故事，刚写了开头，我就要折回去一字一句更改，然后全都删掉。

算了，那真的是一篇只配夭折的故事。

往事不可追，只有不停地向前走。

我只好教自己早点放手。

⑤

有一些写东西时候的小迷信，都不值一提，譬如无法在别人看着的情况下写稿、手写的本子撕了一页宁愿做草稿纸也不会继续写、如果写了一个开始，就一定要让它结束。

最后那个"迷信"来源于一个强大的心理暗示，句式大约是"你连这个都……那这个也……"，简直像小学时候学的关联词造句。

但是我对此深信不疑，即便现在仍是如此，无论是长篇也好，短篇也罢，故事也好，散文也罢，那时的我才不在意自己写的是精彩还是糟糕，只要写就好。即便写的一百篇故事里也许有九十九篇都只能做弃稿，但是为了最后那一篇的成功概率，也要继续。

我连这篇都写完了，那下一篇也一样能写出来。

在这样的情况下，我写完了许多故事，一写就是好多年。

高中寄宿的时候，熄灯后有亮光是会被查寝的人扣分的，我偷偷买了台灯，在他们睡了之后打开。冬天的时候，寝室又潮又冷，我总感觉自己坐在水里，大家都用棉袄将自己裹得严严实实。在那个绿色的小桌子上，我写了四十万字，笔换了一支又一支。

他们都不懂我为什么那样坚持，可是在我的青春里，凌晨两点的月亮、幽蓝色的灯光、磨破手指的笔杆……都是我的珍藏。

6

我是一个特别喜欢和读者互动的写手，哪怕最后就只剩我一个人自言自语都很热情。所以，我总是央求那些传阅我本子的同学在最后写上评论，哪怕是画画划水都可以。

很早之前的我总会准备一大一小两个本子，大的用来写长篇，小的用来写短篇，分工合理，一目了然。

可是勤奋日更的我最终难以两全，于是，我买来厚厚的语文书大小的本子，像是一本正规杂志那样写上卷首、目录、专栏、短篇与长篇连载，就这样，一个长篇最终写了9个本子，学校的读者们被这样的连载方式馋得欲罢不能，写评论骂我的时候也就分外积极。

高三的时候，我在本子上写了一篇短短的《赠读者》，好像是隐隐预感到了那就是结束，忙碌的读者们没有再来拿本子，它一直静静地躺在我的课桌抽屉里，直到我将它尘封在旧家的书柜里。

那个本子里的故事不再有后续，我也好像就此和我的笔说了再见。有那么几年，我浑浑噩噩，找不到自己的位置，却总在深夜被自己刺痛，不知道自己到底在做什么。清醒比颓唐更加伤人，失去了最后一道防护，它让我看清镜子里那个陌生的自己。我每天目光闪躲、藏藏掖掖的东西，不是肮脏的污垢，而是干净纯粹的梦想。

我知道，却始终难以振作，也不愿拥抱过去。

我曾经偏执地视为生命的文字，我以为难以撼动的、牢不可破的梦想，有一天突然就变成了说不出口的痛。放弃总比坚持容易，原来那没有我想象的那么难。

只是如果要说给从前的自己听，怕她也要将我看低。

毕业后持续到现在的这份工作，也阴错阳差的与写字有关，我像是又回到了最初的那个地方，再写下时隔多年的第一篇文字的时候，我心里的颤抖，只有我一个人知道。

像是突然看到好多年前的自己，大大咧咧地在本子上写："我的梦想就是——我写的字有一天能够变成铅字。"

无论换了几个本子都要写上,一笔一画的样子比谁都要固执。

事实是,在这个网络盛行的时代,纸媒早已以肉眼可见的速度衰落,门户网站、个人博客、社交平台、电子书工具……十二年后的今天,那个梦想显得有些过时。

而早已脱离学生时代的我也不似当年坚持,那个边走边写的我在人群里走失,阅读量大幅减少的后果是遣词用句都失去后盾,我对最后呈现出来的结果感到惶恐,我对这样的自己感到失望。

可大概也是因为现在这份工作的原因吧,它总是在不断地试图唤起我对童年梦想的记忆,即便有时候它的提醒甚至有些不合时宜。

然而那确实是有效的,某天下了班后,我沉默着走在回家的路上,街边的路灯一盏盏亮起,秋风吹起我的长发扑了我一脸。那个场景突然就和多年前的一个夜晚重合了。

多年前的那个夜晚,我拨开乱糟糟的头发,愣了一晌,然后突然疯狂地往家里跑——我要把那一刻的感想写下来,不能等,就现在。

我可能已经失去热泪盈眶的敏感,也不再有那样的冲动和勇气,可是我仍旧愿意去尝试,如若这醒悟不算太迟。

而这里就像我从前放在抽屉里的本子,穿过岁月布下的重重雾霭,终于又回到了最初开始的地方。

那么。

我随便写写,你随便看看。

我还有许多许多的故事,等着你用酒来换呢。

叉叉：

"没有什么生灵比人更不能容忍异类。"

有的电影，我看过一遍之后，大为触动便不敢再看，那是《霸王别姬》；有的书，我看过一次后，痛到哑口无言，却不敢再仔细看第二遍，那是《人间》。

《人间》这本书是李锐主笔，和妻子蒋韵一起写的，它用多重视角讲述了白娘子的前世今生，是一本神话新编类小说。文笔大气、流畅、丝丝入扣，看完之后，有一股郁气久久滞在胸口无法消除，却是什么都抓不住。

老实说，买这本书的时候，我纯粹是冲着作者——他们是新生代女作家笛安的父母，这个身份让我感到新奇。原本只看故事简介，被翻拍了千百遍、都说到烂了的故事，是没有什么吸引力的。然而当我真正翻开之后，方觉自己多天真，也知晓笑比哭更难受。

不能说这本书是完美的，但是它自有它的动人之处，多说一句都是多余，只能在这里，极力推荐给你们了。

人间

重述《白蛇传》
The Myth of Lady White Snake
李锐 蒋韵　合著

卷四：春意

来日方长，愿那些陪伴过漫长岁月的人，终能掌握进入你世界的密语。

十年老酒，敬老友

○文／夏沅

我 24 岁生日那年，闺蜜杨小姐从上海来长沙。火车清晨七点到站，我因为定错了闹钟，只来得及洗把脸就着急忙慌地打车赶去火车站。

六点多的长沙天光微亮，出租车穿过大街小巷，早餐铺白烟袅袅，一幅充满人间烟火的画面。

我站在出站口，蜂拥的人潮往外涌，而我却还是在人群中一眼看到了拖着行李箱的她，明明是一夜的舟车劳顿，她整个人却神采奕奕。

印象中这是她第二次来长沙。巧的是，上一次她来这里也是和我一起。

那时候我们大学的公共教室后黑板有一句特别文艺的话：到远方去，熟悉的地方没有风景。于是某堂选修课课后，我们俩一合计，决定来一场旅行。

旅行地是凤凰，她知道魅丽一直是我的梦想，特意把中转站定在了长沙，停留一天后再转车去吉首。

我是一个特别怕麻烦的人，于是买票定攻略这些琐事全由她一手操办。她那时候刚学摄影，抱着个单反宝贝似的，照片没拍几张，角度也着实清奇，最后留下来的只有寥寥数张。

于是当她这一次从行李箱里拿出单反，娴熟地调着光圈，指挥我凹各种造型的时候，我忽然发现，原来毕业后天各一方的我们，都还记得自己当初的梦想，且都为之努力着。

其实仔细算来，认识杨小姐还是在我十字开头的年纪。仗着青春伊始，信奉张扬的人生才是人生，整个人浮夸又矫情。

忘了是怎么熟悉起来的，只记得突然的某一天，身边多了一个意气相投的人。我看过的书她都知道，我喜欢的歌她总能哼出下一句，以至于后来我每每看到"白首如新，倾盖如故"的时候，脑海里总是闪过她的脸。

也不是没有闹过别扭，闹得最凶的那一年，彼此拉黑了对方所有的联系方式。同一节选修课，避而不及。两个人迎面碰见，形同陌路。

和好已经是半年后的事情了。那天我从实习单位离职，她陪着我在万达金街的二楼清吧坐到深夜。

我曾说过，那年冬天是我这些年里过得最不好的一个冬天。

生活不尽如人意，故人分道扬镳。

也是在那一天，我坐在她对面，告诉她毕业后我一定要离开那座城市。

半年后，我先她一步来了长沙，她处理完身边琐事，独自一人去了上海。

回想这些年里，我所有失意和得意的时刻，似乎都有她在身边。

我谈轰轰烈烈不靠谱的恋爱，我和很重要的人争吵决裂最终分开。

我离开工作室告别过去，我来长沙面试重新开始。

我签下第一本书，我做出的每一个决定。

她总是在我身边。

我始终记得那年在开封，我决定去见一个很重要的人。

身边人大都劝我不要重蹈覆辙，唯独她陪我买票，送我上车。

她说，别人总怕你撞了南墙没法回头，我却总担心你觉得人生留下了遗憾，所以，无论你想做任何事情，都大胆去做，我会一直在这里。

杨小姐，今年是我们认识的第六年。

旧人远远近近，好友来来去去，我们依旧心照情交。

真的真的，感谢你在我身边。

夏沅:

这部电影，我看完之后，推荐给了身边好多人，结果大家纷纷以"啊……这个题材太虐了""怎么办，我不想在电影院哭欸"等借口拒绝了我……但尽管如此，我还是想向大家推荐这部片子，因为真的真的很不错！

比起多年前大爆的那部同题材的《亲爱的》，《找到你》整体的基调还是偏温暖向的，同时这部电影又增添了许多悬疑的色彩，以插叙的拍摄手法讲述了两位母亲因为一个孩子而引发的寻找与救赎的故事。

　　故事内容暂不多说，期待大家亲自去看。这部电影的最后，有一段让我印象非常深刻的台词，虽然对你们来讲有些遥远，但我还是想分享给年轻的你们：这个时代对女人要求很高，如果你选择成为一个职场女性，会有人说你不顾家庭，是个糟糕的妈妈。如果你选择成为一个全职妈妈，又会有人觉得，生儿育女是女人应尽的本分，不算一个职业。但事实是，因为努力工作，我才有了选择的权利。

在每个繁星坠入银河的夜里

○文 / 张美丽

在我的少女时代，有很长一段时间都处在这样的心境里：觉得自己与周遭格格不入，像个异类。因为我对这个世界的理解与身边的人太不相同了。

作为早早关注音乐、电影、各类文化活动的人，我很小就在脑子里装下了无数虚无缥缈的名词，乐于花极大的精力去追求一些在长辈眼里并没什么意义的事情，反倒对切实的眼前生活缺乏兴趣。

这让爸妈异常头疼，也让我苦恼。我苦恼的是，干什么都被打上"文艺青年"的标签，苦恼认定的世界法则却无人认同，苦恼现实与理想间令人难堪的差距。而我也因此遭受过难堪。

一次饭局，我遇见了曾屡次贬低我工作与追梦行为的朋友。再相见，他已用灰色手段实现了人生翻盘，而我正饱受情绪困扰，考虑是否要辞职。

后来的一幕，我记了很久。他就那样漫不经心地用宝马车钥匙一下一下地叩着桌子，佯装着无辜，问："欸？你没做狗仔了啊？"

我当下愣住了，一时没反应过来他是有心还是无意。他知道的，我是多么骄傲的一个人啊，怎么会容忍好不容易实现的梦想被说成并不光彩的狗仔。

有人打圆场："你看你，人家好好一个大编辑，被你说成了不入流的狗仔。"

他依然笑问："你怎么不做狗仔了呢？"

我的心一点点慢慢坠下来，一种深深的凉意在体内荡漾开来。那个瞬间，我突然明白，什么叫道不同，不相为谋。

几年后，他已消失在我们那群人的朋友圈，我却依然在为从事了这个行业而庆幸着——它让我非常容易找到同气质的人。每天混在一起的大家都有着相似的世界观与价值观，差不多的愤怒值与同理心，以及热忱积极的人生态度，当然，还有笑点。

这实在是相当快活的一种体验。

有一回，我不小心将与同事们的对话记录发给了新朋友，他满是惊叹：你们这对话也太有趣了吧！我看了半天，对比那些夏夜傍晚笑出眼泪的疯言疯语，实在觉得这些过于平常。

所以，有时我会觉得，其实不是我选择了这份职业，而是这份职业选择了我。是它挑中了这样的我，并将我和同种特质的人从人群里筛选出来，安排在一起，成为同事、朋友，然后才有了这样奇妙愉悦的组合反应，以至于，有时，我竟会生出些不真实感来。每当看着外边一些为了钱而面目狰狞的事儿，我也会陷入恍惚中。

我身边的世界，就是本来的世界吗？

我们是不是离人群太远了？

周末，我与大学时代的朋友们见了一面。

我们每一个都个性鲜明，我也并未与大家有多少共同点，相比起他们务实的人生态度，我实在过于浪漫派。但幸运的是，我们每一个都懂得包容。于是完全不在一个频道的几个人，依然用几年的磨合时间，换回了在毕业时将杯子碰在一起、定下"以后每年都要见一面"的约定。

一年一会，也成了我们之间一个奇妙的发现与审视的过程。

早两年，变化是显而易见的。我们内心虽惶惶不安，但都迫不及待地要新鲜、要改变，好释放过去十几年苦行僧生活下的苦闷。但再多陌生的改变，只消聊上两句，熟悉的底色便回来了，我们在熟悉里寻找着陌生，为新鲜的变化而感叹。

这两年，我渐渐开始在陌生里找熟悉了。每个人的未来越走越明晰，大家的步伐逐渐有了差异，有的早早生子，有的还在为事业奋斗。不同的人生阶段让我们拥有了不同的生命感悟，各自的性格特质也提炼出了自己的处世之姿，庆幸的是，我们依稀还保有过去的影子，都愿意在需要的时刻重新聚在一起，用己所长为对方提供小小的指引与庇护，分享这些成长。

不管是同频率的呼吸，还是和而不同的指引，对我，都是非常重要的交流。

在未来那些焦虑幽仄的溃败时刻，这些发出光芒的情谊，就是我逃生的绳索。

《与玛格丽特的午后》|
"爱与善良"

 张美丽：

　　这是一部关于爱与善良的片子。

　　我很喜欢法国片里的浪漫人文主义，这部片也不例外。其剧情其实挺简单的，讲的是一个退休老太太用很多个读书的午后，引导落魄中年男唤醒诗意的世界的故事。我喜欢剧里渗透出来的细腻温柔感，让人感到如沐春风，十分治愈。就像片子最后的那首小诗一样："这不是典型的爱情故事，但爱和温情都在那儿。她以花为名，一生都在文字中徜徉，形容词环绕于周，动词像野草一样疯长，有些令您不快，但她温柔地植入了我这块硬邦邦的土地和我的心。"以花为名，以书为存，很适合挑选一个阳光温暖的午后来观看。

　　世界呀，总是充满爱的呀！

236

而这春日不会迟

○文 / 叉叉

我是一个仪式感很强烈的人，曾经下过大大小小不下 30 个坚持习惯的 APP，玩手机就会发出刺耳报警声的、锁屏得背单词才能通过的……最后，它们都无一幸免地被我丢进了手机垃圾站，我的自制力消失得比风还快。

可更令我困惑的是，这些软件并不单单是我热衷于形式的象征，它们还代表着我炽烈的三分钟热度、浓重的真情实感，我对万物都感到好奇，对所有陌生的领域都想触碰，我如饥似渴地学习和感知每三天就会出现的崭新的兴趣。

但是总是无法坚持，这真的是一件令人沮丧的事。

在可以容纳几十个人的大办公室里，我和张美丽始终紧靠着对方坐着，新鲜感也早已在今天谁去丢垃圾的折磨中消失殆尽。

有一天，以前一起组局玩桌游的同事第三次叫错了我的名字，她和我说："我真的分不清你和张美丽！"

我和张美丽一点都不像，她在我眼里是风风火火的摩的小飞侠，热衷鲜花和吉他的文艺少女，无论我骗她多少次都会上当的单纯 girl，就算总是会被我调侃得恼羞成怒，张牙舞爪地冲我挥拳头，也打不过我。

唯一能让大家产生错觉的大概就是，我们都有些文艺的小爱好，对生活里出现的新事物乐此不疲，会一个人跑去博物馆看展览，以及，我们的脸都很圆。

我们这种对什么东西都想摸一摸看一看的"熊孩子"性格，造就了后来我们一堆满嘴跑火车的爱好。去年夏天，张美丽兴冲冲地买了我也十分感兴趣的滑板，她在她们小区楼下练了几天，然后跑微信群里艾特我："叉妹，特别好上手，你快入吧，我们一起滑！"

她承诺以后每天早上都要溜着滑板来公司上班，我猜那个画面一定会非常炫酷，只是后来，张美丽仍旧是那个叱咤魅丽的摩托车小飞侠。

除了滑板，张美丽还会弹吉他。

这是我们又一个重叠的爱好，不同的是，我那点可怜的吉他技术源于十年前的教学班，连老师是男是女都快要忘了，现在停留在只会"53231323"的基础和弦上。

张美丽不一样，她是自学，认认真真在网上搜了谱子，弹《大龄女青年之歌》给我听。我盘腿坐在她温馨小窝的地毯上，看着黑板上我早已看不懂的乐谱，想着她十分钟前匆忙收拾好的"战场"——现在光洁如新，已经看不出刚刚有些凌乱的样子来。

有一句早已泛滥的话，里面有一个描述是"眼前的苟且"，我倒是常会在张美丽安静地侧着脑袋，抱着吉他边弹边唱的时候生出点别的想法来。生活是苟且的，也是充满烟火气息的，我们在电闪雷鸣之间扫荡完饭桌，又在清理过后的桌子上沏茶，就算窗边的鲜花无法抗拒最后枯萎的结局，在她刚插进花瓶，花瓣沾上露珠的时候，想必也是幸福的。

我们站在生活的路口，瞻望美好的世界，张美丽弹吉他的时候，那画面突然无比地清晰。

后来，张美丽斥"巨资"买了一架电钢琴，放在她的出租屋里。

她曾经怂恿我一起，但是我始终有些犹豫，我仍旧对钢琴充满兴趣，可追溯到很多很多年前，却又是我在努力过后放弃了的爱好。

买了电钢琴的张美丽生活有些拮据，但是她常会在群里开心地说——我今天学了新曲子！

我总是因为害怕自己是三分钟热度而犹豫不决，对许多事退缩，但是张美丽却不会，即便后来"滑板计划"夭折了，她还是会朝气蓬勃地奔赴更多美好的东西。

听过一句让我感触很深的话："种一棵树最好的时间是十年前，其次是现在。"我常常蠢蠢欲动，但是始终没有付诸行动，可是很多人愿意告诉我，一切都不算太晚。

有天晚上，我窝在床上看书，手机突然振动起来——张美丽发来好几个小视频："叉妹，我学了新曲子，弹一首完整的给你听！"

那一刻我很想告诉她，所有简单又朴实的回复，都是发自内心地佩服和赞叹，都是真实熨帖了内心的温暖。

而此刻，正在加班的我在张美丽的旁边偷偷敲下这行字：我也想要种我的那棵大树，和你一起，这春日无论什么时候开始，都不会迟。

| 爆笑不止的综艺节目

——《秋刀鱼的东大方程式》

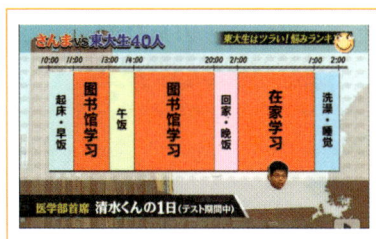

叉叉：

这是我最近吃得最好吃的安利！这档日本综艺请的都是素人——日本东京大学（可以想象成清华、北大）的学霸们，大概几十个嘉宾，但全场节奏都把控得非！常！好！一方面你会感叹于他们的天才和努力，另一方面也会因为他们怪异的思维爆笑不止，非常有意思！学霸们也会分享一些自己的学习方法，相信也能给你们一些启发。

又及：但学霸们分享的学习方法未必对每个人都管用，譬如有个学霸在幼儿园的时候就已经背下了36×36乘法表，原因是：他觉得幼儿园实在是太闲了……

唯愿现世安稳，岁月静好

○ 文/夏沅

最后一次见到你，还是在很多年前的那次聚会上。

彼时我们已经有些日子没有联系，难免生疏，场子热了好久仍旧有一搭没一搭聊得不痛不痒。

那天聚在一起的，都是我们认识了很多年的好友，席间聊起过去才发现，这么多年唯一没有改变的，只有你。

大概是明白不久后我们就真的要各奔东西了，那天散场的时候我拉着你语气特别沉重：我有一种不好的预感，总觉得今天散场以后，我们也要散了。后来一语成谶，那天之后大大小小的无数次聚会，那天晚上的那些人，真的再也没能聚齐过。

后来你毕业去了深圳，我开始实习，再后来你从深圳回去，我只身一人来了长沙，我们从最初的每周一次电话变为每月一次、每半年一次、很久也没有一次。直到某一天，我突然想起，你好像再也没有和我聊起过你喜欢的人，我也没有再和你提起我的生活，我们就这样从对方的生活里慢慢抽离了。

所以当你告诉我你要结婚的消息时，我第一反应便直接关掉了对话框。那一瞬间，我突然觉得很难过，我曾陪伴了你整个的青春，陪你恋爱，陪你分手，而如今你即将嫁予身侧良人，我却连新郎的样子都没有见过。

婚期定在七月，正是公司暑假的日子。那段时间我的状态特别差，大概与文字打交道的姑娘都难免会有些矫情，难过的时候总是想要出去散心走走，于是我在参加婚礼和外出旅行之间徘徊不定。

后来我有些犹豫地问起你婚礼的安排，想着不如趁你回门的时候见你一面便罢。你大概也听出了我的弦外之音，沉默了很久只回复了一句话：如果你不来，我想我没办法原谅你。

我们高三那年，你宿舍在我隔壁，也不知道是什么原因，偌大的寝室只住了三个人，你把两张上下铺合并，我们横躺在床上彻夜聊天。那时候我喜欢看书，书中好看的句子都被我摘录下来记在日记本里，你难过的时候我便一句一句读给你听。

后来有一年我和一个很重要的人分开，那天晚上我站在宿舍楼顶的天台给你打电话，你将那些年我说给你的那些"道理"悉数讲给我听，末了你说：从前总是你安慰我，现在我终于可以被你需要了。

我十九岁生日的时候，头一天晚上和室友通宵 K 歌，第二天早晨回到学校挨着床便沉沉睡去。半梦半醒中接到你的电话，你特意从学校赶来陪我过生日，因为太困，我放下电话就忘记了你还在学校门口这件事。

后来你辗转找到我的宿舍，把生日礼物放在了我的桌子上。而当我醒来，看到礼物才恍然明白，原来你的确是为我的生日而来，却又匆匆离开。

所以如果不是你那句不会原谅我的回复，我大概真的就忘了原来那些年我们曾经那么好，忘了我当初承诺过你：他日你嫁得良人，我一定做你伴娘陪你出嫁。

你婚礼那天，我站在离你最近的地方，看着你说出那句我愿意，心里的空缺终于填满，我想无论我去过多少座城市，都不及亲耳听到你的那句我愿意来的重要。

那么段小姐，新婚快乐。

从此唯愿现世安稳，岁月静好。

|《齐天》

"我要天地都为我让步"

夏沅：

　　说来有点好笑，我第一次在视频里看到华晨宇，还是二〇一三年《快乐男声》的时候，现场广播反复喊着："08042，08042 在不在！08042 在不在，0-8-0-4-2！"就在导播扯着嗓子喊到快虚脱的时候，他才抱着一把吉他慢悠悠地走出来。

　　《齐天》是华晨宇作曲，为《悟空传》演唱的主题曲，中国风的曲风加说唱，将今何在笔下孙悟空的悲情与霸气表现得淋漓尽致。从一开始的质问"问一句生死因果，生我又是为何，既带我来，如何不解我惑"，到说唱时的不屑与反抗"一棒把天宫闹翻颠覆，什么人命天定，我说天命由心，我要这山断不了来路，我要这水挡不住归途，我要天地都为我让步"，再到结尾的无奈放手"原来，一无所有就叫作齐天大圣"，他的情感拿捏得恰到好处。《歌手》第四期的时候，他更是用这首歌一举拿下了当期冠军。

　　08042 虽然长大了，站在舞台上的少年却一如当年风采。

不再联系的挚友

○文/叉叉

W 小姐是我的死党。

第一次学会"死党"这个词语是在初中，大大咧咧的 W 小姐转过头对我说："M，我们以后就是死党啦！"相比那时内敛怕生又暗淡无光的我，W 小姐却每天都精力充沛，像一个充满能量的小太阳。

那时候的我们都做作地觉得"死党"这个词和别的词不太一样，不是简单的朋友——现代社会好像谁都能说上一句"朋友"；不是八卦杂志里常说的闺蜜，总感觉闺蜜这个词已经被大家口诛笔伐了好几回。所以，我们称呼彼此"死党"，只是我和她，和其他人都不能是这个词才对。

那时候的我们都很年轻，年轻到只需担心繁重的学业和简单的人际关系，成长的迷茫和爱情的伤痛都是好后来的事儿了，所以我们的快乐也分外纯粹。

然而这样的我们也有难以回答的问题："你最好的朋友是谁？"这种单选题就像"爸爸和妈妈你更喜欢谁"一样令青少年讨厌。

　　有一天的英语课上，我们学到了"friend"这一章，老师不出意外地向我们抛出了这个问题："Who is your best friend？"

　　后来的我总会回想起那一刻——阳光透过窗户洒在前排同学的课桌上，前座女生的马尾辫闪闪发光，英语老师的眼镜片也反着光……所有学生都害怕被叫起来回答这个问题的那一刻。

　　我以为我会想起一起上学的M，我们理解彼此所有的古怪和可爱，是真正的知己；或者是志同道合的F，我们惺惺相惜，也视彼此为竞争对手；又或者Y，我、她和W都是妥妥的铁三角；再不然，是认识多年的Q，我们小学和初中都在一个班，绝对可以称得上是好朋友……

　　但是那一刻，W小姐在英语老师的示意下应声而起，我的脑海里什么都没想，只来得及出现那一个名字。

　　——W。

　　我有很多缺点，其中最常被人提及的，是薄情。

　　这个评价来源于我的家人、我的朋友，还有很多面容都模糊不清、在我生命里一起走过一程的过客。

　　起初的时候并非如此，大家都觉得我太重感情，甚至真心实意地为这样的我感到担心，她们不敢想象一旦我被我重视的关系抛弃和背叛，我的生活或许会立刻崩塌。

我也这样担心过，每一刻因为在乎的人而流下的眼泪都是真的，然而薄情也是我无法反驳的事实，对待每一段关系我都表现得分外寡淡，好像一旦离开建立起这段关系的土壤，我就会头也不回地再奔向另一段。

常有人会这样给我留言："你真的没你表现得那么在乎我们。"也有人言语犀利，毫不留情地戳穿我一旦离开就不再需要她们。我倒没有刻意不去联系谁，可恰恰也是我不够刻意，这样可有可无的感情才会让她们感到困惑又心寒。

于是，我总是在结识新朋友，旧友却不剩几个，朋友和我说，友情也和其他任何感情一样，都需要用心去经营。而我却从未认真去维系过。朋友还说，友情也是需要彼此依赖的，你这样单打独斗，只会让感情越来越淡。

类似的话我也在 Y 发来的邮件里看到过，邮件不长，Y 和 W 小姐的聊天记录占了一半：

"很多时候，我们都感觉你不需要我们。"

"更多时候，我们反而变得有些多余。"

"你总是不知足地觉得你需要很多人，但是并没有真正地需要我们。"

那是 2010 年的冬，W 小姐说，我们越来越远了。

高中毕业的时候，我和 W 小姐已经几年没有联系了。

当时的我们上了不一样的高中，我在 C 中寄宿，W 小姐和 Y

都在市中心的 A 中，我从前就觉得我与她们总是隔着距离，两所高中的物理距离也无形之中将我们心理的距离拉远了。

我们都隐约听到过对方的故事，有好也有坏，这期间我们不是没有见过，只是主动联系的时候总是很少。因此再见到彼此的那个夏日的夜晚，已是我们填志愿的前夕，我们看着对方，觉得彼此陌生又熟悉。

我们都还像从前，又或许在旧友面前，大家总会不自觉地切换成彼此都熟悉的样子。我们开着过时的玩笑，努力了解空白了好几年的对方的生活，我们还保留着年少时那些细枝末节的小习惯，我们什么都没有变。

我们喝了很多酒，从大笑到大哭也不过短短几小时，那些这几年都未曾告诸别人的心事，所有心酸又艰辛的过往，都在那个晚上毫无保留地告诉了彼此。我们曾以为对方是光鲜的、是明媚的，拥有许多朋友，自己总不那么被需要；我们也以为大家都过得很好，总是想触碰又不敢触碰。

那天我们一直聊到夜深，三个人歪歪斜斜走在马路上，我妈在家里等我们回去，一开房门我们就全都昏昏沉沉地扎进了床里。

那是时隔好几年之后，W 小姐再一次出现在我家里，还记得第二天天气那样好，我妈像几年前 W 小姐第一次来的那个早晨一样，站在阳台上晒着衣服，嘴里还对我说："W 的名字还真是男孩子气。"

我埋在床里，好久都不愿醒来。

后来又过了几年，我们仍旧活跃在彼此的社交软件里，却不再记得对方的生日，我们又见过几回，又挥手再见，时间飞一般地流逝。

最近的一次见面是去年的端午节，我回了老家，一个人在甜品店晃悠，却意外碰上了 W 小姐。

她还是像从前一样，像一个充满能量的小太阳，我却僵硬又生疏，不知道该如何应对。我们谈工作，谈未来的规划，独独不谈从前，原来我们都已经向前走了。

离开的时候，W 小姐和我约好晚上再见，那个晚上老家下起了大雨，我们最终还是没有约成。

我有我说不出口的遗憾，这是 W 小姐不会知道的，我曾那样真切地想过，如果那个晚上我们能如约再见，我是否可以和她说说这些年我的心结。

我是一个沉默又不爱主动的人，我只会悄悄地将 W 小姐放在我名为"一生挚友"的分组里，却不会敲开她的聊天框和她联系。我知道这些年我们都有了新的生活、新的朋友、新的感情，我们早已失去了共同的话题，W 小姐失意的时候身边不是我，社交软件更新的和好友的合照也是我不认识的人，对于彼此，我们都如此陌生。

我们从前很爱唱的一首歌——可拖你离开爱的风雪的人不再是我，你也没能再背我逃出梦的断裂。

我总爱和人提起年少，是 W 小姐和我都知道的那个年少，在那个故事里，我给 W 小姐和她曾经喜欢的男生递幼稚的字条，W 小姐也为我冲锋陷阵，匆匆忙忙来拯救陷入谷底的我。

而我也分明做过努力的，只是那些笨拙又短暂的努力，终究是没能将 W 小姐留下来。

清理书信的时候，我也翻出了当初给 W 小姐写的信，矫情又真挚，幼稚又勇敢，每一句都情真意切。

那时候的我就爱用"曾经"这个词，标题写着："致：我曾经的死党 W。"写在了每天都需要交给语文老师的日记上。年轻的语文老师在日记本上写希望我们和好的评语，课后将我们叫到办公室做和事佬。

她说，她也为这样的友情感动。

现在看起来，其实每一句都很好笑，但是每一句都比现在的我多上千万倍的勇气，那是如今的我怎样努力，都做不到的。

越长大，越畏首畏尾。

我失去了表达的欲望，也失去了挽回的勇气，一切好像都已太迟，但是我想我永远都不会忘记那个遥远又生动的午后，那节英语课，W 小姐说："My best friend is M."

"你知道吗？W。"那天放学后，我和 W 小姐一起走在回家的路上，我突然鼓起勇气说出口，"今天英语课的时候，如果老师叫到我，我一定会说——"

你是我最好的朋友。

《阳光姐妹淘》|

"只愿，能与你再见一面"

叉叉：

你还未经历的，正在经历的，曾经经历的……你的青春，是怎样的呢？

这部电影说的并不是重返 18 岁的故事，但是随着主人公的视角切换转移，你也会逐渐沉浸在她的青春回忆里。那些转学到大城市之后的窘迫、一起玩的小伙伴、欺负自己的坏学生、高冷美丽却令人向往的班中女神……还有，情窦初开时悄悄喜欢上的，年长些的男生。这一切好像是有些大同小异，在每个人的青春回忆里或许都能够找到重合的部分。

会有伤痛，有在那个年纪觉得比天还大的、眼泪都要流干的可怕的事情；会闯祸，被喊家长的时候觉得天都要塌了；也会成长，到后来伤口都会好，小伙伴都会长大，大家各奔东西，也许大家过得不是那么好，也许有一天会以更好的面貌相见……只愿，能与你再见一面。

穿过时间，看到从前的自己，正在和你约定成为更好的人。

愿时光不变，让我爱你依然

○文 / 张美丽

最近一次被夸温柔，是在清吧里。

对方双颊绯红，浑身散着轻微的热气，眼神里倒是写满精神，问我："你是不是巨蟹座。"

我被惊到了，夸张地叫嚷："你怎么知道！"

他对我的反应很满意，一副"我厉害吧"的表情笑了笑，说："因为你很温柔啊！"

于是，我也笑了笑，没再说话。

我想，我总算长成了爸爸期望的那个样子。

我爸是乡下人，没什么文化，但却生得丰神俊朗，颇为帅气，以至于我和朋友们聊起父辈的话题来，总会把他的照片拿出来给大家看，然后在一众惊叹赞美声里心满意足——如果我有尾巴，这种时候一定会骄傲得翘起来。

他对我管教很严：不许剪短发，吃饭手得扶着碗，走路抬首挺胸，晚上都不准出门去玩——用他的话说叫"去癫"。他期望我是一个温婉识人意的女儿，乖乖巧巧，气质卓然，嘴里吐出来的都是温言软语，眼神永远干净透亮，一如春日里的和风与乐水。

可惜我遗传了他不安分的基因，一直就是个脑子里跑着疯马的暴躁少女：不听训，爱玩，懒惰，脾气糟糕，并且倔强得要命，常和他顶嘴吵架。

所以我常挨揍。他总是一边骂我是个讨债鬼，一边在深夜里独自叹气，等我满脸泪痕地睡过去，再悄悄过来给我掖被角。

那些年里我们闹得很僵。我厌恶他的古板、专制，在后来的反抗中学会了去找他的痛脚，并且越来越快准狠——我知道他不甘心，皮相过于出众的人心气都是高傲的，他那样耀眼的人，一定以为上天给了那样一副好皮囊，会用一个更成功的人生来相配。

然而上天让他失了望，给了他光芒，接着让他跌倒在红尘里一次又一次。

那些年我们给了彼此很多伤害。

后来再争执，他渐渐跟不上我的节奏，索性放弃了对我的管教。我完全掌控了自己的人生，做的决定从不向他告知，离他远远的，直到有一天，他开始向我妥协。也是那一天我才发现，他头上的白发已经从记忆里的零星两根，发展到拔也拔不完。

我终于不再和他犟。

很久很久以后，他给我打电话。电话这头的我声音毫无气力，他问我是不是不舒服。

"没，"我答他。顿了一下，也不知道为什么，突然又补了一句，"只是不开心。"

他告诉我去庙里给我算命了，先生说我是个单身命。我在电话这头笑，怎么还信这种把戏，然后打趣他："你不是让我三十岁还没嫁出去就滚出去。"

我以为他会板着脸教训我，然后挂掉电话，因为从前我问起这个，他的声音里明显有怒意——他在生我的气。

然而电话那边许久都没有声响。我有些无措，不知道该讲些什么来拯救这段脆弱的谈话，我知道他在听。我为提起这一桩事后悔得要死，然后，听到了我爸轻轻的、平和的声音：

"嫁不出，就当老姑娘算了。"

那一瞬间，我差点哭出声来。

我知道，他原谅了我。那些年像个小仇敌一样和他针锋相对，那些歇斯底里与不顾一切，那些放纵、叛逆与幼稚，还有那些曾给他带来的伤害，他通通原谅了。

他依然和很久很久以前我们初见时一样，是我的小靠山与大太阳。

　　也许亲人就是这样一种存在吧，永远是能快速戳中痛脚，让你瞬间放弃理智的那一个，也永远是张开臂膀，在你回望时等你归来的那一个。

　　后来，我总是陷入失去他的害怕里，害怕他的白发与皱纹，害怕他一年又一年的生日与越来越早的睡意，害怕他的药罐。

　　我希望他能多等一等我，等她的女儿展开更强健的翅膀，带他飞到他曾展望的地方去看一看,那些绚丽与浮华,那些没完成的梦想。

　　我希望他身体健康，长命百岁。

　　我希望他知道，我爱他。

|《三千年前》

"只消几句就让人迷离"

张美丽:

我其实很少听粤语歌的，主要还是听不懂，学不来。有一年我去广东，和人同住了三个月才知晓他们并非我以为的外地人，平常交流也都是讲的广东话，而我，居然一句都没听出来。

后来有一天看稿，耳机里突然出来一段粤语独白："再见，不要怪我第一句就跟你说再见，因为我真的是专程来和你道别的。"作为一个天天和故事打交道的编辑，这个充满故事性开头的歌词迅速抓住了我。我点开看全词，真是喜欢得不行。

——我记得和你看日落，你会在我耳边说话。你说得很小声，其实我一点都听不清楚，不过，我好喜欢听你这样和我说话，以后再没有人这样和我说话了，因为你告诉我你要走了。忽然间经过了好多年，我再没有看过日落。

——我不会说我老了，我只会说，我在这里太久。时间久了难免知道，人总会慢慢地将过去淡忘。

这样悲伤缠绵的独白里，插了一段关淑怡鬼魅一般的声音，只消几句就让人迷离。这是一首非常有腔调的歌，希望它带给我一丝惊艳的同时，也能被你们喜欢。

今生你永远是十八岁

○文 / 夏沅

我十三岁认识 Y 小姐，如今认识已经近十三年了。我土里土气又不好看的那些年，她都在我身边。

初中的时候，我们俩追星，我喜欢林俊杰，她喜欢花儿乐队，于是在她的强烈安利下，除了《嘻唰唰》，我还能在 KTV 陪她唱《童话生死恋》《星因歌剧》《鹊桥汇》和《大喜宙》。

那几年复读机刚刚流行，有的人并不多。我因为某个比赛获得一等奖，学校奖励了一个。

那时候的磁带卖五块钱一盘，我们俩买了好多，放学后每人一个耳塞，沿着小路慢慢往家走，一转眼就走了三年。

磁带塞满两个大箱子的时候，我们初中毕业，毕业后，彼此分开去了两座城市，大头贴合照贴在各自的宿舍床头，逢人便炫耀：这可是我最要好的朋友。

起初我没有手机，于是每周五的课间都揣着写有她手机号的字条，去学校报刊亭给她打电话，啰啰唆唆聊一个课间。

聊最近新奇的事儿，聊她喜欢的男孩子，聊各自的偶像又出了哪些单曲。

她喜欢买各种小玩意儿给我，《放羊的星星》大热的时候，她给我买仲夏夜之星的耳钉，《爱情魔法师》大热的时候，她又给我买那个cherry（樱桃）发夹。

我用的第一款BB霜是她带我在精品店挑的，超便宜，涂了之后脸比我家的萨摩耶都白。

第一次种假睫毛也是她带我去的，第三天因为太扎眼被我用手抠掉了，又因为假睫毛的胶水质量实在太好，连带着我自己的睫毛也跟着秃完了。

我怕高，但她不怕，她喜欢一切刺激的项目。中和之后，我们玩的频率最高的高空游戏就是那个陀螺转椅。

有一年冬天，我们家附近公园的那个小型陀螺转椅生意特别凄惨，就我们一组人。

老板特别热情，开转椅之前笑眯眯地和我们说，不怕冷可以多坐一会儿，等我们想停了再叫他。于是，那天我们俩花了十几块钱在上面转了一个小时。

从转椅上下来，两人搀扶着在旁边厕所吐得天昏地暗。

那时候，我没有新的朋友，她也没有。

后来，我认识了更多的人，她也是。

再后来，我们认识了彼此的新朋友，好友圈交叉，每次聚会都是一大群人，特别热闹。

大概是我记性不太好了吧，这十几年里，我记得我们只吵过两次架，却足以把对方完全推出彼此的生活。

她生日的时候我不在，她和家人闹矛盾的时候我不在，她躺在手术台上的时候我也不在。

她每一个需要和不需要我的时候，我都不在。

我来长沙的那一年，她打电话给我，语气小心翼翼。我们隔着屏幕讲最近的生活，比起问候和关心，更多的是尴尬。后来大家不情愿却又松了口气似的挂断了电话。

时光在我们之间埋下的沟壑，我们在那一刻终于肯承认，再努力也跨不过去了。

我看过太多曾笃定白首同归，最后却不得不渐行渐远的情谊，不料我们也未能免俗。

去年九月初，她打电话给我，我盯着来电显示那十一个曾烂熟于心的数字看了许久，直到屏幕彻底暗下去。我没有接，后来的几个电话，我都没有接。

她要结婚了，那么些年的默契，我足以猜到她打来这通电话要讲的消息，可偏执如我，认定了彼此对彼此而言，早已是陌生人般的存在。

我没能成为她孩子的干妈，也没能成为她的伴娘。更遗憾的是，我甚至没能成为她的知己老友。

可我把曾带到她身边的所有朋友都留给了她，那么即便以后的这些年我不在她身边，她们也总能照顾好她吧。

这些年我总这样安慰自己。

但是她们没有。

我曾在无聊时做过关于抑郁症前兆的测试，测试没做完就关了网页。百度上说，抑郁症的人会有厌世轻生的念头，我没有。

我特别怕疼，更怕死，有时候想到将来的某一天意识抽离，躺着不再醒来，无法参与这个世界未来的变化，我就会特别难过。

我想活到八百岁。

以至于那些天我总在想，如果我一直在她身边就好了，我一定会不厌其烦地每天在她耳边唠叨：我可是要活到八百岁的人，你得陪我一起。

这样，她是不是会因为不放心我一个人，而努力再坚持着活得久一点。

如果我还在，会不会让她对这个世界再报以多一点的希望。

还没到十二月的时候，曾有一位朋友问我：二〇一七年你有什么遗憾的事情吗？

我想了很久，说没有。

我的工作有幸是我喜欢的，我的生活也朝着我期望的样子在前进。

只是那时，我还没有接到久不联系的朋友告诉我她已经离世的电话。

我不知道她生病，更不知道后来她的病已经到了那么严重的境地。

我不知道那年她突然的暴瘦，是因为被确诊了抑郁症。

也不知道九月底她的那通电话，是因为年少时我们曾约定过，将来一定要做彼此的伴娘。

我不知道她脾气如我，也是不肯低头的性格，却愿意妥协退让，是真的真的，不想失去我。

她也不知道，她婚礼那天我回去了，在我们曾走了无数次的那条街上，反复来回了很多次。我告诉自己，如果电话响起，这次我一定会在第一秒接通。

但那通电话，再也没有响起。

我们就这样，错过了一生。

再修改这些文字的时候，你已经离开整整半年了。

你离开的第三个月，二〇一八年的新年如期而至。我与曾经决裂的，最后陪在你身边的好友握手言和。

当年让我无法释怀的过往，我已经能笑着讲出来，当年让我耿耿于怀的人，再提起已经无法触动我心中任何的情绪。

那个冬天，家里意外的不算冷。好友问我要不要去看看你，我想了很久说，算了吧。

我不见你，你就永远是我心里的样子，我就能假装，你还在我身边。

网上说，二〇一七年对九零后来讲，是特别的一年。因为二〇一七年十二月三十一日，最后一批九零后度过了他们的十八岁生日，自此，从法律上来讲，九零后一代已经全部成年，集体告别少年时代。

我翻着被我锁了许多年的关于你的相册，在微博第一次提起你，我说：我们都会老去，但你不会了，你永远都是年轻的样子。

但是真的，对不起啊，
本来说要陪你到老的。
可如果，我是说如果。
如果你还愿意，下一世我们从头来过。

夏沅：

我这期之所以会推荐这本书，是因为前段时间去看了苏有朋导演的新电影：《嫌疑人 X 的献身》。其实比起《嫌疑人 X 的献身》和《白夜行》，《秘密》的确算不上家喻户晓，但却是迄今为止我所看过的东野圭吾作品中，最震撼的一本。

一场车祸，平介的妻子离世，女儿醒来。苏醒的是女儿的身体，身体里住着的却是妻子的意识。日子如往常，住在女儿身体里的妻子想要重新活一次。

想重新活一次的妻子努力和大家成为朋友，她努力读书，甚至努力爱上自己的"丈夫"。但不知道从哪一天开始，妻子的意识渐渐被女儿侵占，最初是五分钟，后来更久，直到某一天，妻子在与平介做完最后的告别时，彻底离开。

十年后，拥有完全意识的女儿即将大婚，平介却因为缝在玩偶熊里的戒指，意外得知了另一真相。

我原以为这个秘密是妻子和女儿曾同在一具身体里，但结局却告诉我，不是。

秘密
東野圭吾

昨日最亲的某某

深夜失眠，我将豆瓣、微博刷新了一遍又一遍，直到没有任何更新的东西可看，还是无法找到出走的睡意。难得刷起了朋友圈，刚好看到一条七分钟前更新的状态：生日快乐，谢谢大家！

配图是一个燃着蜡烛的蛋糕。

由于时间实在太晚的缘故，我们共同的朋友都还没有出现为他祝贺。我没有点开图片，只是在底下留下了第一个赞。犹豫着要不要再留句言，但最终作罢。

高中时我们在同一个小圈子里，但也远不是彼此最要好的那个。所以大学的某个夏夜，接到远在厦门的一个电话时，我还有些惊讶，以为发生了什么大事，不安地追问了好几句"怎么了"。

那晚恰好因为寝室断电，酷热难耐，我和室友们去学校里的小宾馆开房间睡觉，几个人躺在床上看电视、玩游戏，我踩在白色被子上跳来跳去，轻松地跟朋友讲电话。讲过的内容早已模糊，最多是身旁一些无聊琐事，这件事我却是一直记到现在。

我称得上亲近的朋友只有寥寥几个，有了各种社交软件后还会打电话聊天的更是一只手数过来都嫌多。所以在这只手之外的人来电话，都令我一时难以摸着头脑。

但是，被想念、被需要和被信任的感觉，总不会太差。

用最漂亮的说法大概是：哪怕我于对方，只是长远的生命里偶然闪现过的一簇星星烟火。

我有过一个很好的朋友。高中分班之后她常常在晚自习的课间上楼找我，没有太多要说的话，就双双挂在走廊的栏杆上吹晚风。沉默再久也不觉得尴尬和无趣，相反自在又安心。

尽管长大后各自也有交往更为频繁的朋友，我却一度暗自认为我们对彼此来说都是特殊的存在。

只是一度而已。

就像黄伟文的歌词里写的，没有"一直躲避的借口"，也"非什么大仇"。只是和她不再联系后，有次深夜我发现隔天就是她的生日。

我对日子的敏感度很低，看到热恋中的情侣能记住"交往一百日"这样的时间，都会在心里跑题，为他们的计数能力叫好。遇上家人和朋友需要换算农历和公历的生日，也有大半时候会忘记。如果不是不巧生在春节里，我大概也早不记得自己的。

有一回这个朋友的生日，正逢我离家千里、边找房子边找工作的毕业之初。

她委屈地主动来找我说，等我的生日祝福等了一天。

我在电话这一头则疲惫地道歉。

我理解她的失望，又觉得自己不该被埋怨和责怪。

两个人草草地结束了聊天，过后我又觉得好笑：年纪轻轻的两位朋友，此刻像极了生活琐碎录里各有角度的某对苦鸳鸯。

重归于好后我们再没提过这件事，我也不清楚她是否还记得。

说来奇怪，在我们疏远那么久之后，我刚好在她生日前一晚查看了日历，可以给她一个最准时的生日祝福，却已经不晓得她还会不会在乎。

最后我没有写或说任何话，故事到这里好像就是结尾了。

然而今年的生日，我在凌晨收到她的"生日快乐"。当时我正抓紧最后一线假期时光，比起睡觉宁愿玩"大富翁"，和好友分享甜蜜的果酒，被"鬼爪"辣得满脸通红。

我快乐地回复她："谢谢，爱你。"

真想就在这里结尾。

不久前她约我出去吃饭，餐厅附近有个滑冰场。我们挂在场边的栏杆上等位，沉默时我感觉到无措和一些细小的难过。最后吃完饭，她说要下雨了，回去吧。

我坐在与她背道而驰的车里，有些出神：若倒退几年，我们现在应该靠在一起等雨停。

《德雷尔一家》|
令人心情雀跃的英剧

王小明:

上次组里谈论起影音方面的话题，说到英剧，有人说总觉得英剧的色调偏暗，而且永远是雨天，阴阴郁郁的，虽然有一种沉稳和高级的感觉，但相比色彩浓烈的法国片，没有那么令人心情雀跃。

我第一个冲上去给她们推荐了《德雷尔一家》!

这部剧由老四 Gerald Durrell（杰拉尔德·德雷尔）的回忆录三部曲改编而成。

虽然是英剧，但《德雷尔一家》的拍摄主要是在希腊的一个小岛上完成的。光线和色调都好美，阳光明媚不说，还在海边!希腊的海可真美呀……（跑题了）

故事发生在二十世纪三十年代，德雷尔夫人带着几个孩子离开伦敦，去往生活成本低的科孚岛定居。他们在海边租了一套破旧的房子，开始了一家人的小岛生活。

德雷尔一家有时会做一些令人意想不到的事情，比如搬了餐桌在海水中有模有样地用餐，但却莫名地让我向往无比。

这部剧幽默又治愈，琐碎的日常也可以十分有趣而温情。大家虽然经常吵吵闹闹，整个基调却是温柔安定的。我觉得这份温柔与安定大多来自德雷尔夫人，也就是"母亲"这个角色。

在那样潦倒的境地，遇到许多令人崩溃的事情，连孩子也没有一个懂事的，她却依然保持着体面与包容。刚开始会觉得德雷尔夫人对孩子忍耐过度，甚至溺爱。然而进入剧情，深入他们的生活和成长后，才发现正是她的包容，让孩子成了个性鲜明也懂得爱的人。

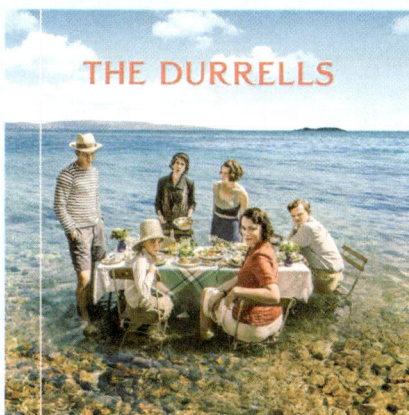

ZEPETO |
可以和偶像"同框"的APP

王小明：

    这是一个去年开始爆火，刷遍微博、朋友圈的APP，但是火过一阵就迅速沉寂了……

    由于它曾经给我带来过快乐，我还是想推荐一下它！

    你可以在里面创建自己的个人卡通立体形象和虚拟空间，可以加好友，跟朋友一起用虚拟形象进行合影，可以做专属表情包，可以用不同的背景照来玩不同的创意，比如跟偶像"同框合照"。

    首先，你要选择照片导入，它会根据照片自动建立一个虚拟形象，但是……通常一点都不像！所以这个环节很好笑，试照片的过程中我失去耐心，开始往里面导入表情包……

    跟照片不像没关系，接着你可以开始细化自己的人物形象，我们俗称为"捏脸"。在这个环节中，可以调整脸型、五官、发型等等，之后也可以再修改，这是我最厉害的一步！组里的大家都说我捏出来的人物跟我一模一样，反观她们，则……

接着，你可以去赚金币、买衣服、换装，装修你的房间，合影或者"自拍"。

神奇的是，里面有一副眼镜跟我现实中的眼镜一样，加上我换装之后的打扮跟我本人日常打扮也很像，导致有天我走进办公室，夏沅吓了一跳，以为是 ZEPETO 里的我出现了……（夸张！）

得不到回应的少年

○文 / 叉叉

我是一个在夜晚就会情绪泛滥的人，于是某夜睡前，一个错误的选择过后，我抱着日记本在床上崩溃得滚来滚去。

超级生气！

大概是人的记忆总是美化那些痛苦的部分，所以我才将这本日记里的内容选择性地忘记了，我生气自己恰巧选了一本内容糟糕的日记，也生气那时被这样对待的自己还是冒着傻气一如既往。我把日记本丢在枕头边，用手机发送了一条发泄的动态。

凌晨时分，为从前得不到回应的自己歇斯底里。

恰好是那天过后没多久，朋友小 C 来我这边留宿，我们缩在被窝里聊从前那些共同的回忆，我忽然想起这个生气的晚上，忍不住和她寻求安慰："你知道吗？那天我翻了一本以前的日记，觉得自己真的好能忍耐啊。"

小C听着我的絮絮叨叨沉默不语，半晌之后，她对我说："那天我遇见了A，我们聊了很多。"

我有些怔忡，见她露出极少见的沉重表情："那时候的我，真的对他好过分啊。"

小C和A，那是我知道的故事。

那时我们都还年轻，我从其他人那儿听到了A在追小C的事，也像所有人那样和她起哄："听说A在追你呀！"

你喜欢他吗？打算答应他吗？他有表示什么吗？——大多是这样的问题。不过小C的回答也是很常见的："别乱说。"

小C善良又内敛，我从前总觉得她最大的缺点就是没有主见，然而在这件事上，小C的态度却意外地冷漠。后来的故事我知道的不是很清楚，大概就是A最后还是没有成功，起哄A和小C的人也开始起哄别人。

像青春里其他故事一样，随着那几年的时间平淡地流逝了。

然而这个故事里其实还有很多我不知道的细节，那个晚上，小C和我说了许多。

她说最初听到表白的时候，真的不知道如何应对，两个人的身份都突然变得别扭。她也不知道什么喜欢不喜欢，只是感觉A一下就成了一个"讨厌的人"，每一个举动都像是另有企图。A的示好、A送的礼物、A发来的信息……都让她感到厌烦。

于是，小C开始避开A，在路上偶遇也会掉头，收到的礼物总是退回，旁人提起A的话，小C的语气就会不可避免地变得冰冷又不耐烦……有一天，A 终于放弃了。

A 也喜欢上了别的女生，有了新的故事，小 C 依旧过着自己的生活，和 A 再无交集。

"那个时候是真的什么都不懂，后来才懵懵懂懂地察觉到，我那些举动把他伤害了。"小 C 叹了一口气，她不喜欢 A，所以只会一味地拒绝和抵抗，那是我们年轻时常会选择的解决方式。

我们都是慢慢才学会体谅，才懂得感同身受，可是那时候，我们真的什么都不懂。

分明不是我们情愿的——可是伤害已经造成了，帷幕也早已放下了。

朋友已经失去了。

我的那本日记里，也写过这样类似的故事，不同的是，被伤害的人是我。

可是我未尝没伤害过别的人，也有那样的部分，每当我翻到那些绝情的句子，都会哑口无言。

那时也有过这样的事——前座的男生 D 说喜欢我，好事的同学像扬声器般传遍教室，我恼得眼睛通红，从前当朋友时的无话不谈都付诸东流，一瞬间，大家的关系就像变了质。

我会大声斥责其他人的起哄，拒绝任何人将我们的名字放在一起，为这样的情况感到难堪和委屈；我不在意他的任何示好，无论是坚持的，还是哀求的；我也不为这样铁石心肠的自己感到不忍，我只是想要尽快摆脱这让我窘迫的困境。

因为不在意，所以总会不守约，迟到很久的聚会，即便是看到有人在那儿一直等，却不会有丝毫内疚。我们好像都在折磨彼此，只是我更像是一个冷酷无情的刽子手，只负责行刑，不负责为任何眼泪心软。

彻底结束是某一天中午，我走进教室，看到所有同学都看着我起哄地笑，D也看着我，眼里充满小心翼翼的期待。

我在大家的目光下一直走到课桌前，只看见课桌抽屉被一个大盒子塞得满满当当，后座的女生也在笑："D送给你的……哇！"她看着我忍着怒气将盒子打开，里面是一双鞋，"好漂亮！"

"送给你。"我果断地转身递给了后座的女生，教室突然变得异常安静。

类似的事情还发生过很多次，多年过后，我翻到写给别人的充满情绪的句子，连自己都要为字里行间的决绝讶异不忍。

从前要好的异性朋友，一旦试图和我建立起别的关系就会被狠狠推开，试图帮忙说话的人也会被迫接受我不知从何而来的怒气，我不近人情、我歇斯底里，在这件事上，我永远激动得像一只随时在战斗状态的刺猬。

"他什么都不敢和你说，因为他怕连朋友都做不成……"

"会做不成。"那时的她们总会得到我怒气冲冲的回应，"不要再提，什么都不许再提。"

如果气氛恰好——在无人的天台，其他人都特意为我们留出了空间，即便前一秒还在为共同的回忆开怀，但一旦提及他的心意，哪怕只是一点，我也会立刻冷下脸。

"对不起。"我这样说着，却毫无歉意。

离开的时候，我不知出于什么心态突然回了头，却慌张地发现他站在原地看着我，眼底有着那时的我怎么都体会不到的东西。

之后又过去了好多年，我又遇到了许多人，我也不知不觉地站在了当时他们所在的立场，我的心意也被人践踏过，那些伤人的话被当时的我泪眼蒙眬地记在日记里，即便成人之后再回看，我都要为那时卑微的自己心痛。

于是有一天，再次触碰到箱底回忆的我感到愤怒难忍，急着向朋友小C寻求认同，却在她说完和A重新加上好友的故事后沉默不语。

她说，后来她和A在阴错阳差的情况下又加上了好友，此时已经时隔多年，大家都已经比当初成熟许多。所以他们仍旧可以自然地问候、聊天，像每一个久别重逢的老同学那样交代彼此如今的生活。

但是大概谁都没有忘记过当年的故事，一天都没有，所以某一天，小C和A郑重其事地说了"对不起"——为所有当初自己无心做出的伤害过他的举动。

小C和A终于走出来了，那些记忆的落叶不会再沙沙作响，他们都不会再为相同的记忆感到害怕。

而我，失去了道歉机会的我，还拉不下面子的我……我可能永远都难说出那句抱歉。

可每当我翻开那段日记，都要在回忆时不断懊悔。我总会想起天台上那个得不到回应的少年，他在记忆里与我沉默着对望，他的眼底有许多后来我撕心裂肺的时候也感受到过的东西。

我后来终于懂了，终于，可是那个得不到回应的人，终究在岁月里离我远去了。

如果有一天，我们在陌生的街头相遇，我一定会勇敢一点，对你说那句"对不起"。

对不起，当后来我也在等待别人的道歉时，我才突然醒悟对你做过的一切都那样残忍和过分，那些我耿耿于怀的迈不过去的坎，原来你也经历过。

你可能早就将我忘记，可能它也根本不足以成为你生命里难以跨越的阶梯，可是如果，如果有天你能看到这段文字，请允许我向那时候的你道歉。

那时的我太不成熟，也对失去朋友感到害怕和慌乱，我也是慢慢才学会柔和，无论是对待别人，还是对待自己。

只愿我们都能够对记忆坦然，然后再度鼓起勇气，走向新的故事。

在往后漫长的岁月里，每一刻的喜欢都能得到温柔回应。

《游戏的法则》|

绝对不能错过的综艺节目

叉叉：

  我知道洪榛浩，还是因为《明星大侦探》的原版——《犯罪现场》。在这个综艺节目里，洪榛浩除了被大家戏称是电竞选手里的万年老二，口音有些大舌头外，带起了全员嘉宾的节奏，聪明得不得了。

  前段时间，我去看了《动物世界》。对于同题材极其感兴趣的我，终于慕名去看了洪榛浩一战成名的这个综艺节目——2013年首播的《游戏的法则》。一季一共十二集，每一集将会淘汰一个人，每一集的游戏都制作得十分精巧，既考验嘉宾的理解力，又考验人性。十三个嘉宾中有偶像、有运动员、有竞拍师、有政界人士……洪榛浩在这里面的头衔，只是著名的电竞选手而已。

然而，从第一集开始，他就被所有人抱团针对。也许是因为他太聪明，大家视他为强劲的竞争对手，几次将他送进淘汰赛，然而他不仅每次都能化险为夷，还能让大家说不出话来——他是怎么赢的？都这样了，他为什么还能逃生？

背叛、联盟、反转、逆袭……这个综艺节目里应有尽有，我周末时一口气看了六集，每一秒都让人紧张。这里面的嘉宾，没有一个人可以小看，你也绝对猜不到结局。

你绝对绝对不能错过这个综艺节目。

在你沉默的心里

○ 文 / 张美丽

想说说我妈。

我妈今年快五十了，眼窝深凹，鹅蛋脸生得很是标准，总着暗沉的衣服，大半辈子都活在无休止的纷争里。

在我看来，她实在算不得被命运厚待过。经历太多的波折与考验，换了我是决计受不住的。

但提及此，她总会露出少有的少女脸上流动的光彩，回忆："那时我还在娘家做女儿，一堆姐姐妹妹，那么多的人噢！算命的独独指着我，说我命好。"

然后，她笑着补充："真被他说对了。"

她曾给我写过很多信，用钢笔或者圆珠笔写在单位发的绿色格子信纸上，无非是劝我努力些读书的唠叨话。我总在匆匆扫过之后毫不留情地扯下来，"刺啦"一声揉成团，扔到垃圾桶里。

我和她并不亲。

或许是得了外婆的偏爱，又有几分姿色，让她将性子养得颇为骄纵任性。于是做事总是不顾后果，常令人觉得不可理喻，也使我们积怨颇深。

有一回我回家，两人相对无言，她突然对我说："我觉得我们俩之间一点也没有别的母女间该有的暖融融的情分。"

我勾起嘴略带嘲讽地笑了笑，起身出去了。

除了我自己，没有人知道，她那些或大或小，有意或无意的言语与举动，在一个小女孩的心里造成过怎样的伤害。

因着这样不甚融洽的亲情关系，我后来成了敏感冷硬的孩子，即便是和熟识的朋友们在一起，也总在离群。

却总有人说我是柔软的。

这么多年过去，我终于知道它来源于哪里。

冬天了，我从衣橱里翻出了去年的羊绒大衣，好几个朋友指着腹前的暗扣扣绳大笑："你为啥不把这条粗得跟条蚯蚓似的东西剪掉，丑死啦！"

我说是我妈缝的。

"比我缝的还丑。"大家嫌弃道。

我却笑嘻嘻的，穿得很高兴。其实本只有细细一条线藏着的，我妈拿到衣服后嫌不牢固，怕断了往里灌风把我给冻着，于是戴着她的老花镜穿针引线，手工加粗了十倍。

怎么说，在我哇哇叫着"毁了我的大衣"并演示了并不会灌风后，在那个她不好意思地重新戴上眼镜操起剪刀要拆掉的瞬间，我突然就摸到了一股笨拙的柔软。就像很多年前我负气出走失联大半个月，她千方百计托人给我转了两千块钱，却什么也不肯说一样。

它来自母亲。

有时候，就是这样一些细小的无声的细节，让时光泛起柔光。

长到这个年岁，我已经开始对一些事情有了宽容与理解。很多时候，我依然会觉得母亲不可理喻，回家住超过一星期也同样会和她吵得不可开交。但在另一些时候，却总会因为她而愿意妥协一两分，并试着引导她做出一些改变，就像她曾经教我穿衣、抓筷、梳辫子一样。

我后来渐渐明白，感情其实从来都不是绝对和纯粹的，一段感情里，往往包含了万千种关系：爱人、敌人、仇人、亲人、友人。而我总因为一段劣质负面的情绪而否定所有，因为那些"不净"而粗鲁地将它判定为不合格，也习惯了母亲的伟大付出是理所当然的设定，于是一些瑕疵与不伟大才让人生气与失望。直到自己长成了常犯错的成年人，长成一个女人，才了解到选择"母亲"这个身份，意味着放弃了什么。我也才开始从"看不净"到"看不垢"，将她的付出当成馈赠；才开始试着与她和解。

后来有一天，她接完电话后，很平静地站在我面前好半天，随后才轻声说："我再也没有爸爸了。"

第二天起来，她又走过来告诉我："我昨晚梦见他了。"我张了张口，不知该怎样宽慰她。

"梦里他跟我道歉。他说'小妹，对不起'。"

我看着她失去光彩的眼睛里氤氲出了水汽，在溢出来之前她赶紧用手心抹掉了，转身，沉默地进了厨房。

那天，我望着她微微佝偻着垂下去切菜的肩膀，站了很久，陷入一种密集而盛大的悲伤中。

有一天，她也将永远地离开我。那时，我会怎样想念她，会怎样因为想念她而梦见她，会怎样因为想念她而不敢梦见她。

想恳求她，请走慢一点，请留在我身边。

《黑店狂想曲》|
"好电影应有的标准"

张美丽：

本来想推一推传统的浪漫爱情片，但翻了下自己看过的片单，要么太过有名用不着推，要么欠了口气不值得推，所以还是随性地推点我喜欢的吧，哈哈！

想推荐《黑店狂想曲》，1991 年的法国老片子了。当初挑中它是冲着导演之一让·皮埃尔·热内去的，因为太喜欢他的《天使爱美丽》（虽然年少时我看了三遍都没看进去），《少年斯派维的奇异旅行》也很喜欢，于是看到这部的导演也是他，立马就点进去了。

故事背景设置为经济萧条食物短缺的年代，人们开始自相蚕食。一天，一位小丑来应聘工作，迎接他的却是刽子手屠夫及房客们兴奋的目光——在缺少狩猎目标的时候，新来的员工将成为大家的食物。毫不知情的小丑住下了，却在即将遇害前与屠夫的女儿产生了感情，这个善良美丽的姑娘决定，要不惜一切来拯救爱人的生命。片子拍得很魔幻现实主义，充满了黑色幽默，荒诞、诡异、神秘、恐怖与搞笑并存。我去年看的，将近三十年过去了，依然没觉得它过时，这也许就是好电影应有的标准吧！

此生不见，平安唯愿

○ 文 / 夏沅

前些天收到微博读者私信，大意是说，临近毕业，却发现自己和好友越来越疏远。明明当初大家约好要考同一所大学，一起念书旅游，将来也约定了要做对方的伴娘，如今连多说几句话都觉得勉强。末了，她问我：夏沅姐，是不是两个人之间，无论曾经有多么要好，最后都还是躲不过分道扬镳的宿命？

我不想回答她是，因为我相信，很多曾经很要好的知己老友，即便过去了很多年，如今依然都还陪伴在身边，可是对我而言，当年促膝把酒倾通宵都不够的旧友，却真的是一别两宽，天涯再不相见。

我有一个好友，认识近七年。二〇一二年冬天，我离校，搭最晚的一趟火车回家，因为到站的时间太晚，好友执意要去车站接我。当天家里下了雪，温度很低。我从车站出来，一眼就看到他垂着头站在电话亭前面，寥寥几块木板搭成的简易电话亭屋檐太低，个子蛮高的他在电话亭前显得格格不入。

那天他应该是等了很久，因为即便雪不是很大，他的肩膀却也是落了一层雪花。我站在车站出口有些晃神，他抬头看到我后快步走过来提过了我的行李箱，然后平安地把我送了回去。

其实这些年里，他接我的次数不止这一次，但那个站在木板屋檐下，肩头落满雪花的身影，至今都刻在我的记忆里，每每想起，总是觉得被温柔善待过。

还有一个好友，如今算起来，已经认识十二年了。初中那几年，大头贴尤其风靡，晚自习前的自由时间，我们常常窝在校门口的大头贴照相馆，一待就是一个小时。两人轮番比着幼稚的剪刀手，涂着偷偷从家里偷带来的口红，无论拍出来好不好看，结束时总能带着几十张战利品凯旋。

后来我上高中，她去了卫校，每次从学校回来，先见的人总是我。彼时她因为寄宿已经有了些零用钱，每次回来总会带一些小夹子、耳环这种少女的小饰品给我，半夜两个人窝在被子里，讲最近学校里发生的各种好笑的事情。

后来那些饰品因为搬家，早已不知去向，而那一沓一沓的大头贴，也被我放在盒子里再也没有打开过。

我性格不好，那些年发生的无数次矛盾我从不妥协，难过时多刻薄的话都说过，但那么些年，大家还是一如既往，一如既往地迁就我。我曾无数次在日志里提起这些人，庆幸我这么造作的性格却还是有这些人陪伴在身边。

再后来，我悉数删掉了这些日志，因为在那次午夜争执后，在那通迫不及待打断对方解释的电话后，在无数次失落失望夹杂中，我们终于决裂。

陈奕迅曾在《最佳损友》里唱："来年陌生的，是那日最亲的某某。"但我独独喜欢下一句，"总好于，那日我，没有，没有遇过某某。"

只是，想到余生再也不能在彼此生命中肆意撒野，我还是有些难过。

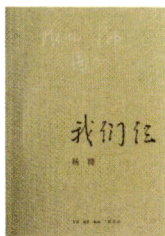

夏沅：

　　这本书我已经买很久了，起初只是因为封底上的一句话："我一个人思念我们仨"。后来由于各种原因一直没有细读，甚至到现在，也只是读了一半，但我还是想分享给大家。

　　在这本书里，杨绛先生回忆了自己和先生钱钟书、女儿钱瑗的一生。不得不说，杨绛先生真的是一个很睿智的人，印象特别深的是她说："我们年轻不谙世故，但最谙世故、最会做人的同样遭人非议。"一刹那醍醐灌顶。

　　在这本书第一部分结尾的时候，杨绛先生写道：

　　他说："绛，好好里（即'好生过'）。"

　　我有没有说"明天见"呢？

　　于是漫漫长夜，我突然觉得特别难过。人们常常会问生离和死别哪个更痛？看到这里，我却觉得，生离尚有机会相见，死别从此便是天上人间。

　　所幸，他们仨再也不会走散了。

此刻的我喜欢的岁月是沉默的，

什么也不发生的。

每一天都温和地到来，

又温和地失去。

那些轰轰烈烈是彻底离我远去了。

但新的东西也恰如其分地到来。